O CARRASCO

Edgar J. Hyde

Ciranda Cultural

O CARRASCO

Edgar J. Hyde

CIP-BRASIL. CATALOGAÇÃO NA PUBLICAÇÃO
SINDICATO NACIONAL DOS EDITORES DE LIVROS, RJ

H992c

Hyde, Edgar J.

O carrasco / Edgar J. Hyde [pseudônimo de Robin K. Smith] ; tradução Silvio Antunha. - 1. ed. - Barueri, SP : Ciranda Cultural, 2016.

112 p. ; 20 cm. (Hora do espanto)

Tradução de: The hooded hangman
ISBN 9788538064633

1. Ficção infantojuvenil escocesa. I. Antunha, Silvio. II. Título. III. Série.

16-31290

CDD: 028.5
CDU: 087.5

Esta edição de *Hora do Espanto* foi publicada em acordo com Books Noir Ltd.
Título original: *The Hooded Hangman*

Tradução: Silvio Antunha

1ª Edição
www.cirandacultural.com.br

Sumário

Capítulo 1

Era segunda-feira e o primeiro dia das férias de verão. Neil e seus irmãos estavam no jardim, sob o glorioso sol matinal.

Neil era o mais velho, tinha 14 anos e cabelo curto e escuro. Samantha, ou Sam, como gostava de ser chamada, era a do meio; tinha 13 anos e cabelos loiros na altura dos ombros. Adam, o mais novo dos três, tinha 12 anos, cabelo ruivo e sardas.

Os três estavam decidindo o programa daquele dia. Adam tinha acabado de perguntar o que eles fariam.

– Vamos fazer uma caminhada – sugeriu Samantha. – Está um dia tão ensolarado! Seria uma pena desperdiçá-lo.

– Isso é muito chato – disse Adam. – Não consigo pensar em nada mais entediante do que uma caminhada.

– Então, o que acha que devemos fazer, aventureiro? – Sam falou, desafiando o irmão.

– Sei lá – Adam respondeu. – Só sei que não quero fazer caminhada hoje.

– Que tal um passeio de bicicleta? Assim, vai ser legal para todos – disse Neil.

– Parece interessante – Sam concordou.

– Para mim, dá no mesmo – Adam retrucou. – A única diferença é que estaremos de bicicleta, e não a pé.

– Ah, pelo menos, é mais legal do que andar – disse Neil.

– Também acho! – acrescentou Sam.

– Bem, se vocês querem tanto andar de bicicleta, acho que não tenho muita escolha – Adam cedeu.

– Então, está decidido – disse Neil. – Vamos, Adam. Você pega as bicicletas na garagem, enquanto eu pego água para nós.

Enquanto Neil estava na cozinha enchendo as garrafas de água, a mãe das crianças entrou.

– Vocês vão sair? – ela perguntou, ao ver as garrafas.

– Oi, mãe – o menino respondeu e se virou. – Vamos andar de bicicleta.

– Onde? – ela quis saber.

– Não sei, talvez no campo.

– Bem, tomem cuidado! Voltem antes da hora do jantar – disse a mãe. – E o que vão comer enquanto estiverem fora?

– Acho que vamos comprar algo, talvez uns lanches.

– Tem certeza de que não querem levar alguns de casa? – a mãe perguntou.

– Tenho – respondeu Neil, virando-se para a porta. – Tchau.

Com isso, Neil saiu da cozinha pela porta lateral. Segundos depois, voltou para pegar as garrafas de água.

– Eu estava me perguntando se você se lembraria delas – a mãe riu.

– Mas eu não esqueci – Neil disse, disfarçando. – Só saí para... perguntar uma coisa para o Adam.

– Tudo bem, querido, tanto faz – a mãe sorriu e saiu da cozinha.

Neil saiu de novo, desta vez levando as garrafas. Seguiu pelo corredor lateral até o jardim e encontrou Adam e Sam, que tinham acabado de tirar as bicicletas da garagem.

– Pense rápido! – disse Neil, jogando a garrafa do Adam.

Adam estava segurando duas bicicletas. Ele conseguiu pegar a garrafa, mas, sem querer, largou sua bicicleta, que começou a cair. Ele tentou segurá-la, mas largou a garrafa e a bicicleta de Neil. A garrafa voou direto no peito de Adam.

Ele cambaleou para trás e tropeçou na bicicleta de Neil, que agora estava caída. Adam ficou no chão, prensado entre as duas bicicletas, enquanto a garrafa derramava água em seu colo.

– Quando você estiver pronto, pode devolver a minha bicicleta – disse Neil, brincando.

– É isso que você acha que devíamos fazer em vez de caminhar? – perguntou Sam, com ironia.

– Ah, fiquem quietos – disse Adam. – Será que vocês podem me ajudar a sair daqui?

Os irmãos ajudaram Adam a se recompor, e os três partiram pela estrada. Em pouco tempo, eles estavam pedalando na floresta pelos campos cheios de lama, pois havia chovido mais cedo. Isso tornou o passeio de bicicleta ainda mais divertido. Adam não queria admitir, mas ele estava se divertindo tanto quanto os irmãos. Uma hora depois, os três pararam para descansar. Eles se apoiaram numa cerca para beber água e ficaram olhando para os campos, que se estendiam por quilômetros em todas as direções. O caminho que eles tinham feito formava um círculo gigante, o que significava que não estavam longe de casa. Eles planejavam ficar pelo menos mais uma hora por ali.

– O que você disse mesmo? Que era chato andar de bicicleta? – Sam perguntou a Adam.

– Acho que não está tão ruim assim – Adam concordou, relutante, antes de insistir com a meia verdade. – Mas consigo pensar em coisas mais divertidas.

– Por exemplo? – Neil perguntou.

– Agora não adianta mais falar – respondeu Adam, evitando responder.

– Vocês acham que estamos muito longe de casa? – Sam quis saber.

– Acho que não – respondeu Neil. – Está vendo a fumaça no meio daquelas árvores ali?

Sam e Adam se viraram e olharam.

– Estou – confirmou Sam.

– Acho que aquele é o acampamento cigano, então não estamos muito longe.

– Engraçado, não é? – disse Sam. – Você mora num lugar a vida inteira e nem sabe onde está, embora esteja praticamente na porta de casa.

– Entendo – concordou Adam.

– Isso foi sarcasmo? – perguntou Sam.

– Na verdade, não!

– Até parece – disse Neil. – Aposto que foi.

– É incrível – disse Adam, com a voz cansada. – Falo sério pela primeira vez e vocês não acreditam em mim!

– É óbvio que você está só enrolando a Sam – afirmou Neil. – Pare de fingir.

– Às vezes eu não entendo vocês – disse Adam, aborrecido.

Os três ficaram em silêncio por alguns minutos, aproveitando o calor do sol, vendo alguém caminhar sozinho por uma trilha na parte baixa do campo. Neil e Sam secretamente riam por dentro, por terem enrolado Adam mais uma vez. A pessoa estava subindo a colina, e logo ficou claro que vinha na direção dos três. Era um menino. Quando ele estava no meio da colina, Sam o reconheceu: era uma das crianças ciganas que eram amigas deles.

– É o Jake – ela disse, acenando.

– É mesmo? – disse Adam, mais uma vez sarcástico e arrogante como sempre, aparentemente sem se lembrar da conversa anterior.

O garoto acenou de volta e caminhou colina acima até chegar onde eles estavam. Jake era bem alto, tinha quase a mesma idade de Sam, e seu cabelo era castanho. Ele vestia uma roupa marrom-escura, um pouco esfarrapada, mas não tão suja como a maioria das pessoas poderia pensar.

– E aí? Tudo bem? – ele cumprimentou.

– Oi, Jake! – Sam respondeu. – Tudo!

– E você, Jake, como vai? – perguntou Neil.

– Tudo certo – Jake disse. – Saí para pegar uns coelhos para o jantar.

– Pelo visto não pegou nenhum ainda... – disse Adam. – Você acabou de sair, não é?

– Sim, isso mesmo – respondeu Jake. – De qualquer forma, vi vocês aqui e queria saber se não querem ir até o acampamento qualquer dia desses.

– Seria ótimo, Jake – Sam respondeu, entusiasmada. – Que tal amanhã?

– Amanhã está ótimo – respondeu Jake. – E para vocês dois?

– Por mim, tudo bem – disse Neil.

– Por mim, também – acrescentou Adam. – Podemos aparecer lá pelo meio-dia. As nossas férias começaram hoje.

– Férias? – Jake estranhou. – Ah! Entendi! É quando ficam longe da escola.

– Você não vai à escola, Jake? – Sam perguntou.

– Não, embora o governo tenha tentado me colocar lá – respondeu Jake. – Eles sempre insistem, mesmo sabendo que a gente mora longe.

– Uau, sem escola – disse Adam, pensativo.

– O governo já tentou tirar vocês do acampamento? – Neil quis saber.

– Não. Sabemos nos proteger – Jake sorriu.

– De que jeito? – Neil insistiu.

– Não posso dizer – Jake retrucou. – Mas a gente se vira bem, mesmo sem escola, acreditem.

– Mas você não tem curiosidade de saber como é a escola? – Sam perguntou.

– Eu sei como é: estranhos ficam o tempo todo dizendo o que você deve fazer; você tem que aprender coisas de que nunca vai precisar, e que não o ajudam a colocar comida na mesa – foi a resposta de Jake. – Escola é para gente que nem vocês, que quer trabalhar e juntar ainda mais dinheiro do que já tem. Nós, ciganos, vivemos da terra e ganhamos dinheiro suficiente vendendo uma coisinha ou outra, para comprar o necessário. Pessoas como vocês precisam de escola, nós não.

– Nunca tinha pensado nisso dessa maneira – disse Neil. – Mas acho que você está certo.

– Ah, é assim que eu penso – disse Jake. – É melhor eu ir agora. Tenho que preparar algumas armadilhas de coelho, senão eu não vou conseguir terminar minhas tarefas.

– Tchau, Jake! – disse Sam, sorrindo.

– Até mais, Sam! Tchau, meninos! – respondeu Jake.

– Tchau, Jake! – despediu-se Neil.

– Tchau, tchau! – disse Adam.

Jake deu meia-volta e foi para a parte mais baixa do campo. Logo desapareceu na vegetação rasteira. As crianças ficaram ali por alguns minutos pensando, até que Adam quebrou o silêncio.

– Você gosta dele, não é, Sam?

– Nada a ver! – gritou Sam, batendo no peito do irmão e empurrando-o para trás, por cima da cerca.

– Ai! – gritou Adam, quando caiu.

– Ah, você mereceu, Adam – Sam afirmou, irritada. – Eu não gosto do Jake!

– Não precisa ficar brava, eu estava só brincando – disse Adam, levantando-se.

– Mas ele gosta de você, não é? – disse Neil.

Sam virou a cabeça e olhou para o irmão.

– Não me obrigue a empurrar você também! – ela ameaçou. – Chega desse assunto.

Adam subiu na cerca de novo, e os três ficaram lá por um tempo, antes que o silêncio fosse quebrado, desta vez por Sam.

– Você acha isso mesmo? – ela perguntou.

– Acho o quê? – Neil respondeu, fingindo que não sabia o que Sam queria dizer.

– Ah, nada – disse Sam. – Vamos embora?

– Sim – respondeu Neil. – Venha, Adam.

Os três pegaram as bicicletas e seguiram pelo caminho, mais uma vez. Eles chegaram em casa na hora do almoço, o que foi bom, já que o passeio de bicicleta tinha aberto o apetite deles. Depois de comerem, os três passaram o resto do dia tomando sol. À noite, descansaram vendo televisão e foram para a cama às dez e meia.

Capítulo 2

No dia seguinte, Neil foi o primeiro a acordar. Ele olhou para o relógio e resmungou. Eram só seis e meia, e ele estava de férias. Virou de lado e voltou a dormir, na esperança de acordar num horário mais adequado para um adolescente, como meio-dia. Acordou novamente quando Adam foi chamá-lo para o café da manhã. Neil olhou para o relógio de novo: nove e meia. Ainda era cedo, mas nem tanto. Ele suspirou e saiu da cama. Andou pelo corredor até o banheiro. Tomou um banho de 15 minutos e saiu de bom humor, sentindo o cheiro de ovos com bacon que vinha da cozinha. Ele desceu a escada tão ansioso que só percebeu que estava de toalha no meio do caminho.

– Isto é o que se ganha por acordar tão cedo nas férias – ele murmurou para si mesmo, desleixado como sempre.

Minutos depois, ele estava arrumado e pronto para devorar o café da manhã.

– Bom dia, Neil! – a mãe disse, enquanto o filho entrava pela porta da cozinha.

– Bom dia – Neil murmurou.

– Acho que alguém acordou com o pé esquerdo hoje – a mãe disse, sorrindo.

– Mãe, essa é a pior expressão que existe – Neil retrucou.

A mãe riu sozinha e virou-se para a frigideira.

– Pode arrumar a mesa, filho? – ela perguntou.

– Claro – disse Neil sem o menor entusiasmo, tirando os talheres e a toalha de mesa da gaveta e organizando tudo em cima da mesa.

– Bom dia, Neil! – Sam o cumprimentou, entrando na cozinha. – Uau! Isso que você está fazendo é bacon? Maravilha!

– Por que você está tão alegre? – Neil perguntou.

– Eu não estou alegre. É você que está de mau humor. O que aconteceu? – Sam perguntou.

– Sei lá. Acho que acordar às nove e meia da manhã nas férias não é bem o que eu chamo de diversão – respondeu Neil.

– Ah, pare com isso, Neil. Às vezes você é muito ranzinza – disse Sam, sentando-se ao lado dele. – Já viu o Adam hoje?

Neil fez uma careta.

– Ele me acordou.

– E cadê ele? – Sam perguntou. – Pensei que ele já estivesse aqui.

Quinze minutos depois, Adam chegou, ainda de roupão.

– Onde você estava? – Neil perguntou, como se fizesse uma acusação.

– Desculpe, é que eu acabei de acordar – disse Adam.

– Mas foi você que me acordou! – Neil exclamou.

– Sim, mas depois voltei para a cama – Adam sorriu. – Sei que você gosta de dormir até tarde nas férias, mas você sempre fica cansado e de mau humor. Foi por isso que acordei você antes.

– Você não perde por esperar, Adam – Neil ameaçou.

Então, toda a família se reuniu na cozinha para o café da manhã.

– O que vocês vão fazer hoje, crianças? – perguntou o pai, com a boca cheia de comida.

– Vamos visitar os ciganos no acampamento – respondeu Adam.

A mãe e o pai trocaram olhares de desaprovação.

– Vocês sabem que não gostamos quando vocês brincam com os ciganos – disse o pai.

– Eles não são tão maus quanto todos pensam – Sam falou.

– Vocês podem pensar o que quiserem, mas eles são estranhos e estão sempre unidos, não importa o que aconteça – disse o pai. – Se mexerem com um deles, todos se voltarão contra vocês.

– Nossa, pai, eles não são assim – Neil revidou.

– Olha, vocês é que decidem com quem andar. Vocês escolhem os seus amigos, mas não venham reclamar se as coisas derem errado.

– Não vai dar nada errado, pai. Os ciganos são legais, eles só têm uma visão diferente da vida – disse Sam.

O pai lançou um olhar desconfiado para ela.

– Pai, acredite, é verdade! Eles são ótimas pessoas.

Todos terminaram o café da manhã em silêncio. As três crianças limparam a bagunça, depois subiram para o quarto de Neil, para passarem o tempo até irem para o acampamento dos ciganos.

– Não consigo acreditar em certas atitudes contra pessoas tão inofensivas quanto os ciganos – disse Sam. – Todos sabem que são pessoas como eu e você.

– Não sei. Não tenho tanta certeza sobre aquele Ivan – Neil acrescentou.

– Acho que sei o que você quer dizer. Nem os outros ciganos gostam dele – concordou Adam.

Até Sam teve que concordar nesse caso.

– Sim. Mas também existem pessoas que não são ciganas e que são um pouco suspeitas – ela afirmou.

– Eu sei. Só estava dizendo que não gosto dele.

– Mas, já que vamos ao acampamento, temos que ser legais com ele – disse Sam.

– Concordo. Mas sinto que de alguma forma ele pode ser um problema.

– Apenas tome cuidado e seja educado e gentil com ele que vai ficar tudo bem – Sam garantiu. – Enfim, o que vamos fazer enquanto esperamos dar meio-dia?

No final das contas, os três foram ver televisão. Eles gostavam especialmente dos programas de entrevistas, que, apesar de tentarem ser sérios, eram muito engraçados. Por volta das dez para o meio-dia, os três partiram para o acampamento dos ciganos. Sam não queria admitir, mas não via a hora de encontrar o Jake. Os meninos estavam ansiosos para brincar com as crianças ciganas, que pareciam ser livres e aparentemente nunca se afetavam com os problemas da vida.

No caminho, eles entraram num grande e denso aglomerado de árvores, e logo avistaram o acampamento cigano, que ficava numa clareira, no meio das árvores. No fim da trilha, as crianças chegaram ao local do acampamento. Era a primeira vez que visitavam o lar dos ciganos, pois eles sempre brincavam com as crianças no campo. O acampamento era muito grande. Os trailers, que eram modernos, bem diferentes dos tradicionais, estavam estacionados em torno da clareira, deixando uma área redonda no meio, onde as crianças brincavam. Havia também um varal amarrado entre os veículos e, no centro do acampamento, uma fogueira com panelas imensas cheias de um líquido que borbulhava e criava um aroma delicioso que predominava no ar.

Curiosos, alguns ciganos ficaram observando os três visitantes. Jake saiu de uma barraca do canto do acampamento e foi correndo cumprimentar Neil, Adam e Sam com um grande sorriso no rosto. Ao perceberem que os visitantes eram amigos de Jake, os outros ciganos voltaram aos seus afazeres.

– Oi! Como vão? – ele cumprimentou.

– Olá, Jake – Sam respondeu. – Estamos bem. E você, como está?

– Bem. Querem conhecer a minha casa?

– Claro, vamos lá.

Os três seguiram Jake até o trailer e entraram logo em seguida. A parte interna era limpa, arrumada e moderna. Não havia mais ninguém no local.

– Sintam-se em casa. Vou chamar os outros – disse Jake.

Neil, Adam e Sam se sentaram na pequena sala de estar. Jake foi até a porta do veículo, colocou dois dedos na boca e soltou um assobio ensurdecedor. As crianças ciganas pararam de brincar e olharam. Depois, algumas voltaram ao que estavam fazendo, mas outras se aproximaram e entraram no trailer. Eram umas dez crianças que Neil, Adam e Sam já conheciam. Uma delas era Ivan. Todos se cumprimentaram e se espalharam para sentar confortavelmente pelo trailer, que ficou lotado.

– O que vamos fazer hoje? – perguntou um menino baixinho com sardas.

– Não sei. Que tal brincarmos de esconde-esconde ou algo assim? – Jake sugeriu.

– Por que vocês não contam algumas histórias ciganas de verdade? – Adam perguntou.

Sam lançou um olhar de advertência para Adam, para que ele não provocasse os ciganos. Mas eles não pareceram incomodados com a pergunta.

– Legal. Quem quer começar? – disse Jake.

– Você, Jake. Você é bom com histórias – falou uma garota.

– Já que ninguém mais quer falar – disse Jake. – Mas qual história devo contar?

– Que tal a do caçador fantasma? – sugeriu um menino ruivo.

– Está bem. Era uma vez, numa noite escura e chuvosa, daquelas em que o vento quase arranca as árvores do chão... – começou Jake.

Nos minutos seguintes, o garoto contou a história de um caçador cigano que voltou para assombrar a pessoa que atirou nele quando ele invadiu as terras de um homem rico. A história contava como o caçador fantasma conseguiu se vingar. Mais tarde, depois de assustar o resto das crianças que estavam no trailer, Jake perguntou:

O Carrasco

– Agora, digam, qual história vocês querem ouvir?

– Aquela do carrasco encapuzado! – pediu um menino de cabelo castanho-escuro.

– Vamos lá então – Jake atendeu. – Vou contar.

E, assim, Jake contou a história do Carrasco para as crianças. Ele explicou que o Carrasco era um fantasma que assombrava a aldeia. Às vezes, alguns ciganos conseguiam vê-lo, mas isso era raro, talvez porque ele evitasse frequentar o acampamento de ciganos. Centenas de anos antes, um menino cigano chamado Ricardo foi enforcado por roubar um pedaço de pão, uma acusação que ele sempre negou. No julgamento, o garoto disse que, na verdade, tinha comprado o pão. Mas o comerciante, que não gostava de ciganos, mentiu e disse ao tribunal que não tinha recebido o dinheiro de Ricardo. No dia em que o menino foi enforcado, quando a corda estava sendo colocada em volta de seu pescoço, ele sussurrou para o carrasco:

– Você vai ficar aqui para sempre, já que gosta tanto desse seu trabalho injusto.

Depois do enforcamento, o comerciante se aproximou do carrasco e disse:

– Parabéns! Um moleque cigano a menos para me perturbar.

Ao ver que Ricardo era inocente e que tinha sido injustiçado, o carrasco, em um estado de culpa e tristeza, colocou o mesmo capuz preto que Ricardo havia usado e se enforcou. Então, condenado a ser fantasma e a vagar para sempre pela vila, o carrasco segue em busca de Ricardo para pedir perdão. Ele sempre é visto cabisbaixo, chorando.

– Que bom que essa história não é verdade, não é mesmo? – Sam comentou, tremendo.

– Eu não disse que não era verdade! Por que eu inventaria isso? – disse Jake.

Sam não respondeu, e houve um silêncio constrangedor.

– Vamos sair e brincar de alguma coisa. Quem quer brincar de esconde-esconde? – disse Jake, quebrando o silêncio.

Assim que ouviram a sugestão, as crianças ciganas se levantaram e foram para a porta, gritando muito. Os três visitantes foram com elas e entraram na brincadeira. O bosque ao redor do acampamento era um ótimo lugar para se brincar de esconde-esconde, e logo os ciganos e os visitantes estavam correndo muito alegres, embora Neil, Adam e Sam estivessem em desvantagem, pois as crianças ciganas brincavam por ali todos os dias.

Na terceira rodada de esconde-esconde, era a vez de Ivan procurar. Neil subiu em uma pequena árvore e se sentou num galho, observando Ivan, que estava procurando as outras crianças em seus esconderijos. Logo Ivan se aproximou dos arbustos.

Neil prendeu a respiração quando Ivan apareceu para ver se havia alguém escondido ali. O garoto nem suspeitava da presença de Neil. De repente, ouviu-se um forte estalo quando o galho se quebrou e Neil caiu, batendo em alguns ramos e galhos que chicotearam seu rosto no trajeto, antes de Ivan amortecer a queda dele. Felizmente para ambos, Neil não tinha subido muito alto na árvore. Mas isso não impediu que Ivan engolisse terra. Todo sujo, ele deu um salto, com o rosto retorcido de raiva.

– Desculpe – Neil disse.

– Você está ferrado, seu riquinho idiota! Você me deixou coberto de lama – Ivan gritou.

– Já pedi desculpas – Neil se defendeu. – O galho quebrou.

– Você fez isso de propósito! – gritou Ivan, pulando em cima de Neil com os punhos erguidos.

Felizmente, Ivan era pequeno e Neil conseguiu se esquivar.

– Calma. Só caí em cima de você, não fique tão irritado – Neil pediu.

Ivan olhou para Neil e cuspiu no rosto dele.

– Não precisava disso! – Neil gritou.

– Precisava sim – respondeu Ivan. – Vocês, com esse sotaque elegante, fiquem sabendo que eu nunca gostei muito dessa história de vocês virem brincar com a gente. Vocês não são do bem. Vocês deveriam ficar com gente da sua laia!

– Não entendo você, Ivan. Não fizemos nada para você nos odiar tanto assim.

Nesse momento, Ivan chutou a barriga de Neil e rolou para cima dele, acertando-o no rosto. Os outros ouviram o barulho e viram horrorizados os dois meninos lutarem. Ninguém teve tempo de intervir. Neil derrotou Ivan novamente e disse:

– Não quero machucar você. Pare com essa bobagem!

– Você é um covarde – disse Ivan, empurrando Neil para longe e jogando-o no chão.

Então, ele gritou várias frases numa língua estranha. Neil não conseguiu entender nada, mas logo percebeu que Ivan estava falando romani. As crianças ciganas ficaram boquiabertas quando ouviram aquilo. Por fim, ele terminou e falou para que Neil entendesse:

– E que você o veja para sempre!

Quando Ivan parou, Jake se aproximou e o puxou para longe de Neil.

– Mas o que você fez, Ivan? – ele gritou. – Retire já o que disse!

– De jeito nenhum. Bem feito para ele – Ivan falou.

Jake olhou para os três irmãos e disse:

– É melhor vocês irem embora. Não posso fazer nada quanto ao que Ivan fez. Tenho que respeitar os motivos dele, afinal também sou cigano. Vou ver o que posso fazer.

– O que foi que ele fez? – Neil perguntou.

– Ele lançou uma maldição. Na verdade, não é das piores, mas você vai ter problemas por causa disso, com certeza – Jake explicou.

– Vamos – disse Sam, ajudando Neil a se levantar. – Vamos embora.

Então, os três deixaram o acampamento. Atrás deles, Jake começou a discutir em romani com Ivan, que estava sendo muito teimoso.

– Enfim, parece que nunca mais vamos voltar lá – disse Neil.

– Mas o que aconteceu? – Adam quis saber.

Neil contou da briga e explicou a Adam que Ivan tinha ficado irritado por causa da queda.

– Com certeza, ele exagerou um pouco – disse Adam.

– Foi isso que eu pensei – disse Neil.

– Não acredito que perdemos tantos amigos por causa de algo tão bobo. Acho que nunca mais vamos falar com eles – disse Sam.

– Ainda bem que ele só amaldiçoou a mim, não é? Olhando pelo lado positivo... – Neil brincou.

– Não sei por que você está tão alegre, Neil. Foi sua culpa – Sam comentou.

– Calma aí. Eu não pedi para o galho se quebrar e nem para o Ivan surtar daquele jeito – disse Neil.

– Sim, mas aconteceu! E você estava envolvido, então a culpa é sua! – Sam insistiu, irritada.

– Ela está brava porque não vai ver o Jake de novo – disse Adam, acertando em cheio o motivo da irritação de Sam.

– Nada a ver, Adam! – Sam protestou. – Não é nada disso!

Adam riu diante da mentira óbvia, o que deixou Sam mais brava ainda. Ela entrou em casa furiosa. Neil e Adam não ligaram, e começaram a rir.

– Eu acho que não devemos falar disso com a Sam por um bom tempo – disse Neil.

– Concordo. Não devemos, mas acho que vou falar de qualquer jeito – retrucou Adam.

– Sério, Adam. Se você continuar com isso, ela vai matar você. Acho que você devia deixar isso de lado agora, enquanto ainda está vivo – disse Neil, passando pela porta da frente.

– Vou tentar, mas você sabe como ela se estressa fácil – Adam respondeu, indo atrás de Neil. – Enfim, o que será que tem para comer? Estou morrendo de fome.

O Carrasco

O resto do dia passou sem novidades, e os três não mencionaram mais o incidente no acampamento dos ciganos. Depois de verem televisão, eles foram dormir bem tarde. Eles deitaram em suas camas sem maiores preocupações e logo dormiram profundamente. Os eventos do dia pareciam uma memória distante. Pelo menos para Neil e Adam.

Neil acordou de madrugada. Ficou em silêncio por algum tempo, perguntando-se por que havia acordado. Examinou o quarto, mexendo apenas os olhos. De repente, sentiu muito medo. Não conseguia parar de tremer, mas depois imaginou que estava apenas sendo bobo e irracional. Ele não tinha motivos para ficar com medo, ele só tinha acordado de repente. Talvez, tivesse sido apenas o vento ou algo assim que o havia acordado. Neil ficou parado por alguns segundos, então percebeu que não estava ventando. O que era aquela sombra em forma de homem no canto do quarto? Era só uma sombra, ele pensou, nada de mais. De repente, a sombra se mexeu, e Neil a viu cruzar lentamente o quarto e atravessar a parede. Ela passou pela janela, aparentemente andando no ar. Por um momento, a lua iluminou a sombra, e Neil viu um homem de aparência horrível. O rosto dele parecia meio apodrecido e tinha uma aparência esverdeada. Era como se aquela coisa, que podia não ser um homem, estivesse em decomposição. A figura se perdeu na sombra de uma árvore no jardim. Em seguida, desapareceu.

Neil demorou muito para voltar a dormir depois de ter visto a coisa assustadora. A figura não tinha feito nada para atacar Neil, mas só o fato de ela ter aparecido no quarto e atravessado a parede era mais do que suficiente para assustá-lo. Nem seria preciso dizer que o sono de Neil foi muito agitado depois disso.

Capítulo 3

Na manhã seguinte, mais uma vez Adam acordou Neil, gritando:

– Acorde, dorminhoco! Já é de manhã!

Neil ainda ficou na cama por alguns segundos e se espreguiçou, antes de se lembrar dos acontecimentos da noite anterior. Ele imaginou que tinha sido um sonho, nada muito preocupante. O problema era que ele se lembrava nitidamente da forma como o "fantasma" tinha atravessado a parede, e como a lua tinha mostrado suas características por alguns segundos, revelando o rosto medonho. Às vezes, os sonhos e os pesadelos parecem bizarros, e, à luz do dia, os eventos dos sonhos não condizem com a realidade e não seguem nenhuma ordem lógica. Os pesadelos, apesar de serem terríveis na hora, parecem bobagens no dia seguinte, e não é possível explicar direito por que é tão assustador ser perseguido por uma cenoura gigante. O que aconteceu com Neil na noite anterior não pareceu um pesadelo normal. Foi assustador de verdade.

Neil sentou-se e esfregou os olhos. Ele estava sendo bobo. Afinal de contas, fantasmas não existem, não é mesmo? De repente, Neil se lembrou da maldição que Ivan tinha jogado nele, mas logo achou que estava sendo ridículo. Sua imaginação estava pregando peças nele, só isso. Ele se arrastou até o banheiro, fechou a porta e puxou a cortina do chuveiro.

– Aaahhh!!! – Neil gritou, saltando para trás e se agarrando na maçaneta da porta, enquanto olhava aterrorizado para uma coisa em decomposição que estava na banheira.

Só podia ser um corpo. Nada tão deteriorado poderia estar vivo. De repente, as pálpebras apodrecidas se abriram, e a figura se sentou lentamente, olhando intrigada para Neil, com a cabeça pendente para um lado.

Finalmente, Neil conseguiu girar a maçaneta e sair do banheiro. A essa altura, Adam e o pai já tinham corrido para o andar de cima para ver o que estava acontecendo.

– O que foi? – perguntou o pai.

– Lá-lá de-de-dentro! – disse Neil, tremendo de medo. – Não entrem, ele está vivo!

O pai entrou no banheiro, sem levar em conta o que Neil tinha dito.

– O que foi? O que tem aqui? – o pai perguntou.

– Na ba-ba-banheira! – respondeu Neil.

– Na banheira? O que há de errado com a banheira? – insistiu o pai.

Neil entrou no banheiro com cuidado e olhou para a banheira, que estava vazia.

– Filho? O que está acontecendo? Parece que você... parece que você viu um fantasma – o pai estranhou.

– Acho que vi – disse Neil, calmo.

– Enfim, não tenho tempo para isso. Se era para ser uma brincadeira, você já se divertiu. Vou voltar ao meu café da manhã – disse o pai.

– Você me assustou, mas só por um segundo – admitiu Adam.

– Eu vi alguma coisa, sabia? – disse Neil.

– Viu o quê? – Adam perguntou, precavido. – Neil, você está levando essa brincadeira muito a sério. Foi divertido, mas acabou a graça. Pode parar de fingir.

– Não estou fingindo – Neil retrucou, baixinho.

– Então, o que foi que você viu? – Adam perguntou.

– Eu vi um morto deitado na banheira – disse Neil. – Só que não estava morto, era um morto-vivo. Ele abriu os olhos, sentou e olhou para mim.

– Neil, já chega – Adam disse. – Pare de besteira. E eu que achei que você estava falando sério quando disse que estava assustado de novo. Pelo jeito, você está tentando tirar sarro de mim.

Com isso, Adam desceu para o andar de baixo meio irritado, deixando Neil sozinho do lado de fora do banheiro.

– Eu vi aquilo, eu sei que vi – ele dizia para si mesmo.

Em seguida, Neil correu até o quarto, para se trocar e descer. Ele não ia tomar banho, porque não queria passar muito tempo no andar de cima. Afinal, havia cadáveres à solta por aí!

– Filho, você não deveria fazer coisas assim – o pai repreendeu. – Você nos assustou demais com aquele grito. Um dia, você vai ter um problema de verdade, e vamos pensar que você só está brincando.

Neil ignorou a bronca e preparou seu café da manhã.

– Não vai me responder? – perguntou o pai.

– Eu não estava brincando – Neil respondeu.

– Então, o que você viu?

– Ele viu um cadáver se mexendo na banheira. Foi o que ele me disse – falou Adam.

– Se isso é o melhor que você consegue inventar, Neil, pode parar com essa sua encenação agora – disse o pai.

– Mas eu...

– Não quero ouvir mais nada sobre isso. Se havia um cadáver na banheira, como ele foi parar lá? E para onde ele foi? – disse o pai, com firmeza.

– Não sei! – respondeu Neil.

– Talvez ele tenha ido embora quando você não estava olhando, Neil – Adam caçoou.

– Já chega, Adam – disse o pai, terminando seu cereal e levantando-se para sair. – Agora, eu vou lá para cima, e espero que ninguém mais fale de corpos nesta casa.

– Se nós sedássemos o Neil, talvez a imaginação dele se tornasse menos fértil – murmurou Adam, depois que o pai foi embora.

– Quer dizer que estou imaginando coisas? – Neil desafiou.

– Ou você está inventando, o que eu duvido, porque você não é nada criativo, ou foi uma alucinação – disse Adam. – Só acredito em uma coisa.

– E o que é? – Neil insistiu.

– Acho que você pirou – disse Adam.

Neil ignorou Adam e se sentou para comer. Depois de alguns minutos, Sam entrou.

– Que gritaria foi aquela? – ela perguntou.

– O Neil viu um morto-vivo se mexendo na banheira – Adam riu.

– Você queria nos assustar? Nunca pensei que você fosse assim, Neil. Achava que isso era coisa do Adam – disse Sam.

– Ele ainda está fingindo que viu o morto.

– Talvez seja a maldição cigana – Sam sugeriu, rindo.

Quando mencionou os ciganos, ela suspirou:

– Que pena que não podemos mais ser amigos deles. Eles são muito unidos, de verdade.

– Não vamos entrar nessa de novo. Isso vai passar em algumas semanas – disse Adam.

– Será que vai? – Sam perguntou, desconfiada.

– Eu sei o que eu vi. Sei que parece esquisito, mas não estou mentindo – insistiu Neil.

– Sendo assim, talvez você ainda estivesse meio sonolento. Acho que você sonhou acordado – sugeriu Adam.

– Eu tive um sonho parecido, ontem – admitiu Neil. – Um homem com a pele em decomposição estava em pé no canto do meu quarto. Depois, ele atravessou a parede e foi para o jardim.

– Viu só? Você estava sonhando mesmo! – disse Adam.

– Mas é um sonho bem estranho, não é? Um zumbi atravessando a parede do quarto. Geralmente, os sonhos são mais demorados e mais bizarros – disse Sam.

– Foi o que eu pensei. Mas vocês têm razão, claro. Acho que eu estava só sonhando. Talvez a maldição do Ivan tenha feito com que eu sonhasse assim – explicou Neil.

– O quê? Você acredita mesmo que a maldição funcionou? – perguntou Sam.

– Não! Você não entendeu! Eu acho que sonhei porque fiquei muito tempo pensando nisso – disse Neil.

– Ah, sim! – Sam sorriu. – Por um momento pensei que você acreditasse nisso.

– Até parece – respondeu Neil, mais calmo e acreditando que aquela coisa que estava na banheira tinha sido apenas um sonho ou algo assim. – Enfim, o que vamos fazer hoje?

– Não sei – respondeu Adam.

– Não acredito nisso. Não faz nem três dias que estamos de férias e já estamos sem nada para fazer – lamentou Sam. – Isso é tão previsível. Depois de esperar pelas férias durante vários meses de aulas chatas, a gente não consegue pensar em nada para fazer!

– Então, não vamos fazer nada – sugeriu Adam. – Não temos que fazer nada hoje. E eu sou excepcionalmente bom em não fazer nada.

– Mas eu achei que este ano não íamos desperdiçar as férias. Achei que íamos fazer valer a pena, em vez de ficarmos em casa o dia todo – disse Neil.

– Parece que as nossas férias não vão ficar mais interessantes que isso – respondeu Adam. – Eu, pelo menos, sou a favor de um belo dia de descanso.

– Bem, já que não conseguimos pensar em nada, não vamos fazer nada hoje – disse Neil.

– Aposto que, se você não tivesse brigado com o Ivan, teríamos algo para fazer – Sam provocou.

– Não comece com isso de novo, Sam – disse Neil, cansado. – Vai passar, confie em mim.

– É bom mesmo.

– Você gosta dele, não é? – disse Adam, em tom malicioso.

– De quem? – perguntou Sam, fingindo não saber de quem o irmão falava.

– Do Papai Noel! De quem você acha? – respondeu Adam.

– Quer parar de falar do Jake? – Sam falou, perdendo a paciência.

Neil lançou um olhar de advertência para o irmão. Adam entendeu a mensagem, mas disse, de propósito:

– Jake? Não, eu estava falando do Neil. Achei que você gostava dele, já que ele é seu irmão, e coisa e tal.

Sam tentou bater em Adam, que logo se esquivou. Rindo, ele subiu para escovar os dentes. Brava, Sam olhou para Neil, para ver se ele também diria algo que a irritasse. Ele apenas deu de ombros e saiu, deixando a irmã sozinha na cozinha.

No andar de cima, Neil viu que Adam estava escovando os dentes. Ele também precisava escovar os seus, mas hesitou na porta do banheiro, pois ainda tinha medo de ir até lá. Adam sentiu a presença do irmão atrás dele, virou-se e viu Neil parado na porta.

– Bobê bimba bá gu begu bi bendá agui, gué? – Adam perguntou, com a escova na boca e dois pequenos rios de bolhas de creme dental escorrendo pelos cantos da boca.

– O quê? – perguntou Neil.

Adam revirou os olhos e tirou a escova da boca.

– Perguntei: você ainda está com medo de entrar aqui, não é? – repetiu Adam.

– Não, não estou com medo – Neil respondeu.

– Então por que está demorando tanto para entrar? – Adam questionou.

– Nada a ver – Neil respondeu, entrando no banheiro, com a intenção de mostrar uma postura confiante. – Viu?

– Acredito em você – disse Adam, num tom convincente. – Quer dizer, é ridículo ter medo de entrar no banheiro.

– Claro, claro – disse Neil, antes de mudar de assunto. – Por que você teve que irritar a Sam? Você disse que não faria mais isso.

– Não consegui resistir – respondeu Adam. – Você sabe como é fácil deixá-la brava.

– Principalmente quando você é alguém chamado Adam.

– Ah, ela deveria se acalmar, sabe, relaxar.

– E você devia aprender a ficar de boca fechada de vez em quando – respondeu Neil.

– Você podia me ajudar. E não ficar bravo comigo quando eu a provoco – disse Adam.

– Às vezes eu até acho engraçado. Mas essa coisa do Jake já foi longe demais. Você insiste muito nisso, já perdeu a graça.

– Mas a Sam gosta do Jake. Até uma pessoa sem cérebro consegue perceber – disse Adam.

– Mas você não precisa ficar falando disso toda hora. Acho que ela está muito aborrecida só de pensar que não vai vê-lo de novo – retrucou Neil.

– Acho que você está certo. Vou tentar não falar mais dele – disse Adam. – Mas a tentação é bem grande, até porque vamos ver o Jake de novo.

– Por alguma razão, parece que ela não pensa assim. Quando estivermos em paz com os ciganos de novo, você vai poder provocar a Sam. Só acho que por enquanto devemos evitar isso – falou Neil.

– Ok, ok – respondeu Adam. – Vamos mudar de assunto.

– Do que você quer falar? – Neil perguntou.

– Por que você está tão assustado com essa história de entrar no banheiro? – Adam questionou, com um sorriso malicioso.

Neil saiu do banheiro sem perceber que não tinha escovado os dentes.

O Carrasco

Sam estava prestes a sair da mesa depois do café da manhã. De repente, ela ouviu mais uma vez o grito de terror de Neil e foi correndo até o andar de cima, para ver o que estava acontecendo. Desta vez, foi direto para o quarto de Neil. Assim que passou pela porta, foi atingida por algo. Era Neil. Os dois deram um encontrão e caíram no chão. Quando eles se levantaram, Adam estava saindo do quarto.

– Mais um cadáver? – ele perguntou, brincando.

– Silêncio, Adam, entre lá! Vamos ver quem está inventando coisas! – Neil esbravejou.

O quarto de Neil estava escuro, com a cortina fechada. Adam, apesar de não acreditar em Neil, foi com cuidado dar uma olhada no quarto. Sem ver nada assustador, Adam se encheu de coragem, andou até a janela e abriu a cortina. Ele se virou e olhou ao redor do quarto mais uma vez, ainda não vendo nada assustador. Foi então que ele viu...

– Caramba! Não acredito! – gritou Adam.

– O que você viu? – perguntou Sam, do lado de fora.

– É, é horrível.

– O que é horrível? – Sam perguntou.

– Tem um... Tem um p-p-p... – gaguejou Adam.

– Um o quê? – gritou Sam. – Fale logo!

– Tem um p-p-par de meias velhas do Neil, no canto... Meias fe-do-ren-tas! Foi isso que assustou você, Neil? – riu Adam, saindo do quarto.

Neil abriu caminho e voltou ao quarto, seguido por Adam e Sam. A única coisa assustadora ali eram de fato as meias velhas dele.

– Não tem nada aqui – disse Neil, intrigado.

Ele atravessou o quarto e abriu o guarda-roupa para pegar os tênis.

– Bu – disse o homem meio deteriorado que estava um passo à frente dele no fundo do armário.

– Olhem aqui dentro! Olhem aqui, já que não acreditam em mim – gritou Neil, saindo de perto do guarda-roupa e apontando para a pessoa horrível, com pele cinza-esverdeada que parecia estar derretendo.

Adam e Sam examinaram o guarda-roupa.

– Não estou vendo meia nenhuma. Nem suja, nem limpa – disse Adam.

– Vocês não estão vendo o cara? – perguntou Neil, recuando mais um passo.

– Quem? – perguntou Sam.

– Como assim??? Quem vocês acham que é? O Adam? O pai? Ou quem sabe o homem em decomposição que está dentro do meu guarda-roupa e que acabou de dizer "bu" quando eu abri? Quem vocês acham que eu vi? – gritou Neil.

– Hum... o Adam? Além de você, só estou vendo o Adam – Sam respondeu.

– Vocês estão de brincadeira comigo? Ou estão cegos? Tem um zumbi no meu guarda-roupa. Só que ele não está mais lá. Agora, ele está acenando para mim e parado na frente do Adam – Neil explicou, irritado.

– Você está bem, Neil? – disse Adam. – Acho que você está doente, se acha mesmo que tem um zumbi no guarda-roupa.

– Deve ser isso. Ele está meio pálido – Sam concordou.

– Vocês dois estão loucos! Por que vocês não conseguem enxergá-lo? – Neil gritou.

– Porque ele não está aqui. E quem é você para chamar a gente de louco? Não somos nós que estamos vendo coisas – Sam completou.

– Tchau – sorriu o homem em decomposição, atravessando a parede. – Até mais tarde, Neil.

– Volte aqui! Volte e me diga o que quer de mim. Por que está fazendo isso? – Neil gritou, correndo atrás do homem, que sumiu.

– Quem? Quem você quer que volte? – perguntou Sam.

– A coisa, o cadáver – respondeu Neil.

– Veja lá quem você está chamando de coisa – disse o homem em decomposição, enfiando a cabeça na parede e voltando para o outro lado.

– O quê? – Neil perguntou.

– Você está bem, Neil? Está até falando sozinho! – disse Adam.

– Não, acho que não estou bem – ele respondeu, triste, sentando na cama.

– Onde ele está agora? – Sam perguntou, rindo e sentando ao lado dele.

– Não ria de mim. Eu sei o que eu vi – disse Neil, levantando a voz.

– Chega de brincadeiras, Neil. Sei que você quer que a gente acredite que a maldição é real – disse Adam.

– Não estou brincando. Eu jamais faria uma brincadeira assim, você me conhece. É você que gosta desse tipo de brincadeira! – Neil retrucou.

– Ah, pelo amor de Deus! Você acha mesmo que vamos acreditar que um cadáver acabou de sair do seu guarda-roupa, acenou para você na minha frente e, pelo que entendi, atravessou aquela parede ali? – Adam perguntou.

– Acho que não – suspirou Neil. – Eu só não sei o que pensar.

– Você está falando sério mesmo sobre o que você viu? Você não está de brincadeira? – perguntou Sam.

– Estou falando sério! Se fosse brincadeira, eu não aguentaria ficar sério por tanto tempo – Neil explicou.

– Então por que você é o único que consegue ver o cadáver? – Adam perguntou.

– Não sei. Mas não contem nada para a mãe nem para o pai. Eles vão pensar que enlouqueci e me mandar para o hospício – disse Neil.

– Para falar a verdade, eu também acho que você enlouqueceu. Mas não vou contar nada para eles, pelo menos por enquanto – disse Adam.

– Obrigado – disse Neil, irônico.

– Também não vou dizer nada, mesmo achando que você está com algum problema – Sam emendou.

– Sim, eu vejo um cadáver toda hora, em todo lugar! Esse é o meu problema – disse Neil.

– Acho que você está encarando o seu problema com o estado de espírito certo. Reconhecer o problema é o primeiro passo para resolvê-lo – disse Adam, como se fosse um psicólogo da televisão.

– Veja como fala! Você pode achar que sou louco, mas isso não vai me impedir de bater em você. Na verdade, a loucura é uma desculpa para bater em você – disse Neil, partindo para cima de Adam.

– Parem com isso! Isso aqui não é um programa de auditório – disse Sam, colocando-se entre eles. – Neil, você acha mesmo que está vendo esse cadáver? Parece que você enlouqueceu de verdade.

– Eu não acho, eu estou. Agora vocês podem sair do meu quarto, por favor? – disse Neil, bravo.

– Por quê? – Adam perguntou.

– Porque tenho certeza que vocês não querem ficar no mesmo quarto que uma pessoa louca – respondeu Neil.

– Já que você prefere... – Sam disse, saindo, e Adam foi logo atrás.

– O que foi aquilo? – Adam perguntou para Sam, depois de fechar a porta.

– Não sei, mas acho que ele está fingindo. Um cadáver? Por favor, né? – respondeu Sam.

– Ele estava fingindo tão bem que eu quase acreditei nele – disse Adam.

– Enfim, o que vamos fazer? Não vou passar o dia todo com o Neil fingindo ver um cadáver andando por aí! – Sam tentou mudar de assunto.

– Vamos ver o que está passando na televisão – sugeriu Adam.

– Ok – respondeu Sam, seguindo Adam até o andar de baixo.

Dentro do quarto, Neil colocou as mãos na cabeça e suspirou.

– Por que eu estou vendo algo que ninguém vê? Por que eu? – gritou Neil.

– Eu consigo ver o que você está vendo – disse uma voz estranha atrás dele.

Neil virou-se. Atrás dele havia um homem vestido com uma roupa marrom meio antiga. A cabeça dele estava coberta por um capuz de couro preto. Embora a maior parte de seu rosto estivesse debaixo do capuz, ele parecia estar em um estágio avançado de decomposição. Pelo pouco que Neil podia ver, o pescoço do homem estava vermelho e inchado.

– Não, outro não!

– Sou de fato o "outro", como você acabou de dizer com tanto desdém. Eu sou aquele que você conhece como o Carrasco – respondeu o homem.

– O mesmo da história dos ciganos? – perguntou Neil.

O homem fez uma careta após a menção aos ciganos.

– Sim, o próprio – ele revelou.

– Espere um minuto, já entendi. Isso tudo é uma armação, não é? – disse Neil.

– Posso garantir que nada disso é armação. Sou o Carrasco, condenado a vagar pela terra como um fantasma, para sempre. Ou pelo menos até encontrar o fantasma do menino cigano e pedir perdão para ele – respondeu o homem.

– Então quer dizer que essas maldições ciganas funcionam? – Neil perguntou.

– É claro que funcionam! É por isso que são maldições. Não faria sentido nenhum se as maldições não funcionassem, não é? – disse o homem.

– Então é por isso que eu estou vendo tantas coisas estranhas – suspirou Neil.

– Você também foi amaldiçoado? Acredito que a sua maldição envolva mortos-vivos. Qual é exatamente essa maldição? – o homem perguntou.

– Não sei. Só entendi a parte que dizia que eu iria “vê-lo para sempre” – respondeu Neil.

– Ver quem? – perguntou o Carrasco.

– Você, eu acho. Tínhamos acabado de ouvir uma história sobre você – disse o garoto.

– Entendi. Era um cigano jovem ou velho?

– Jovem.

– Nesse caso, ele deve ter feito uma maldição para que você visse não só a mim, mas a todos os mortos-vivos. Não é das mais terríveis, mas é muito provável que você fique louco com o passar dos anos – disse o Carrasco.

– E isso não é terrível? Como vou me livrar disso? – Neil perguntou.

– Se eu soubesse, acha que eu estaria aqui falando com você agora?

– Verdade – disse Neil.

– Mas uma coisa eu sei.

– O quê? – o menino perguntou, intrigado.

– A única pessoa que pode retirar a maldição é o cigano que fez isso.

– Ivan?

– Se esse é o nome dele, sim – disse o homem encapuzado. – Ah, por falar em nomes, o meu é George...

Neil olhou para o rosto podre e encapuzado do fantasma e teve vontade de rir. Não podia deixar de reconhecer a ironia de um morto-vivo horripilante com um nome tão inofensivo.

– ... e já sei que o seu nome é Neil.

– Como você sabe? – perguntou o menino.

– Porque eu também moro aqui. Sempre morei aqui.

– Nesta casa? – perguntou Neil, incrédulo. – Mas ela é nova demais!

– Eu morei neste lugar, não dentro desta casa – disse George.

– E quem era o cadáver que eu vi antes? – perguntou Neil.

– Não sei. Ele já morava aqui quando cheguei. É um louco que morreu há muito tempo – George respondeu.

– Ele falou comigo. E não parecia ter nada de errado com ele – Neil concluiu.

– Sim, mas tente conversar com ele. Você vai ver como ele é maluco.

– Então, George... – disse Neil.

– Diga.

– Tenho que ir, senão a Sam e o Adam vão subir aqui de novo, para ver se enlouqueci de verdade. Posso falar com você hoje à noite?

– Claro, não tenho muita coisa para fazer mesmo – respondeu George. – Mas fiquei feliz por encontrar alguém vivo que consiga conversar comigo.

– Tchau. Volto para falar com você lá pelas dez e meia – disse Neil, enquanto George, o Carrasco, saía da sala atravessando a parede.

Neil se sentou na cama e ficou pensando por alguns minutos, antes de se levantar e descer. Estava tentando bolar um plano para resolver os problemas dele e os do Carrasco. Quando passou pelo espelho no saguão, ele notou pelo canto do olho o que parecia ser o reflexo de um menino cigano. Olhou diretamente para o espelho, mas tudo o que viu foi o seu próprio reflexo. Neil não se importou. Afinal, ele já estava vendo fantasmas em todo lugar. Se ele tivesse imaginado algo assim na semana anterior, talvez achasse que estava ficando louco. Talvez estivesse louco mesmo. Porém, ao se lembrar das coisas que tinham acontecido e da forma como se encaixavam tão bem, ele não poderia estar louco.

No andar de baixo, Neil encontrou os irmãos, que estavam vendo televisão na sala, sentados no sofá. Eles se viraram quando Neil entrou.

– Ainda vendo zumbis? – Adam perguntou.

Neil fez uma cara feia e sentou na poltrona.

– Finalmente percebeu que você está louco? – Adam continuou provocando.

– O que está passando na TV? – Neil perguntou para Sam, ignorando o irmão.

– Não mude de assunto – disse Adam.

– Eu não mudei. Esqueça isso – disse Neil.

– Tudo bem – Adam sorriu.

– Vamos fazer alguma coisa hoje? – Sam tentou aliviar o clima pesado.

– Tipo o quê? – perguntou Neil.

– Que tal irmos ao cinema? – Sam sugeriu.

– O que está passando? – Adam perguntou.

– Aquele filme novo do James Bond. Deve ser legal – respondeu Sam.

– Eu topo! Qual sessão vocês preferem? – disse Neil.

– Pegue o jornal para eu ver os horários – disse Sam.

– Aqui – disse Neil, entregando o jornal para a irmã.

Sam folheou o jornal local em busca da página de filmes. De repente, ela se deparou com uma notícia.

– Aqui diz que estão tentando expulsar os ciganos por causa de reclamações de moradores locais – ela disse.

– Que reclamações? – Adam perguntou.

– Vamos ver: deixam as crianças soltas por aí, fazem muita bagunça e levam as crianças locais para o mau caminho – respondeu Sam.

– Que bobagem! Por que as pessoas implicam com os ciganos? – Neil questionou.

– Pois é! Eles não atrapalham a vida de ninguém e nunca deixam lixo para trás. As crianças ciganas são como nós, só que trabalham mais e vão menos para a escola – concordou Sam.

– É só porque as pessoas são preconceituosas e querem que alguém pague pelos erros delas.

Neil e Sam olharam para Adam, boquiabertos.

– Não sei por que vocês estão me olhando desse jeito. É a mais pura verdade – disse Adam.

Por fim, Neil conseguiu dizer:

– Esse deve ser o primeiro comentário inteligente da sua vida, Adam.

– Eu sempre fui inteligente – Adam retrucou.

– Você é irônico... – disse Sam.

– Irritante... – emendou Neil.

– Bobo... – Sam acrescentou.

– Tudo, menos inteligente – Neil e Sam disseram juntos.

– Valeu! Agora eu sei o que vocês pensam de mim – disse Adam.

– É uma pena que as pessoas estejam tentando se livrar dos ciganos. Eles só aparecem de vez em quando, e ainda assim todos querem se livrar deles – disse Sam, tentando mudar de assunto.

– Eles não fazem mal a ninguém. Mas todos os acusam de tudo, desde roubar as casas das pessoas a sumir com o gado – acrescentou Neil.

– Espero que não consigam expulsá-los daqui – disse Sam.

"Eu também espero" – Neil pensou.

– Provavelmente por causa daquela pessoa que vocês sabem quem é – Adam sorriu.

– O Adam inteligente foi embora de novo. Sabia que não ia demorar muito – Sam provocou o irmão.

– É que eu sei que você não participa de conversas inteligentes, então mudei o assunto para algo mais simples, para você não ficar boiando – disse Adam.

– Como assim algo mais "simples"? – disse Sam, pulando na direção de Adam para dar um beliscão no braço dele.

Neil estava mais irritado do que de costume com as brigas dos irmãos, provavelmente porque estava sendo assombrado por cadáveres em decomposição. Neil entrou no meio da briga e usou suas habilidades diplomáticas, com uma frase previsível, mas eficaz:

– Parem com isso, senão eu conto para a mãe.

Os dois se separaram e se sentaram calados.

– Cadê o jornal? – Neil quebrou o silêncio.

– Aqui – disse Sam.

Neil abriu na seção de entretenimento.

– Aqui diz que o filme vai passar às dez para as quatro, às seis e meia e às nove e dez. Vamos na sessão das dez para as quatro? – sugeriu Neil.

– Por que na primeira? É melhor à noite – Adam contestou.

– Sim, mas não temos nada para fazer o dia todo. Pelo menos, agora teremos algo com que nos distrair.

– Concordo com o Neil. Não quero ficar em casa sem fazer nada – disse Sam.

– Mas vocês já iam ficar em casa! Vocês são frescos demais – Adam reclamou.

– E você? Tem o quarto arrumado demais, para alguém que não é fresco – falou Neil.

– E você sempre faz a lição de casa no dia em que o professor pede – disse Sam.

– É que eu quero ficar livre logo – Adam se defendeu. – Assim, posso fazer o que quiser, sem ficar pensando nisso.

– Qual é a palavra mesmo? Não me lembro bem. Qual é a palavra? – Neil insinuou. – Fresco! É isso que você é.

– Ok, vamos à primeira sessão, então. Vamos dar uma de chatos – disse Adam.

– Ótimo, que bom que você acha isso – Neil riu.

– E o que vamos fazer até lá? – perguntou Sam, olhando para o relógio. – Ainda são onze da manhã.

– Hum... Ver TV? – Adam sugeriu.

– O dia inteiro? – Sam comentou.

– Sim, por que não? – Adam perguntou, fingindo falar sério.

– Eu sei que você não está falando sério, Adam. Que tal visitarmos os ciganos? – Sam sugeriu.

– O quê?! Depois de ontem? Você só pode estar brincando! – Neil estranhou.

– Se eu estivesse brincando, você saberia – Sam retrucou.

– Você sempre fala isso, Sam. Você não se cansa de falar isso toda vez que alguém diz "você só pode estar brincando"? – Adam retrucou.

– Não, não me canso – respondeu Sam.

– Então, não fique brava quando ninguém achar isso engraçado. Mas o que me preocupa é que você continue a falar isso sempre – disse Adam.

– Pois eu vou continuar falando. Que tal jogarmos cartas? – Sam não se conteve e riu.

– De jeito nenhum! – exclamou Adam.

– Está com medo de perder todo o seu dinheiro para mim de novo? – perguntou Sam, inocente.

– Não, não é isso – murmurou Adam.

– Ótimo! Vamos jogar cartas então – disse Sam.

– Mas não vamos jogar por dinheiro – disse Adam, com firmeza.

– E onde está a diversão nisso? – perguntou Sam, brincando.

– A diversão está em manter seu dinheiro – respondeu Adam.

– Faça como quiser, senhor Fresco – disse Sam.

Meia hora depois, Adam havia perdido a conta do número de partidas que tinha ganhado.

– Engraçado. Jogar apostando fósforos não é a mesma coisa, né, Adam? – disse Sam.

Adam suspirou e deu as cartas de novo.

– É, parece que você nunca mais vai precisar de material para acender fogueiras, Adam – continuou Sam.

– Ah, que seja – respondeu Adam, tentando ficar calmo.

– É uma pena não estarmos jogando por dinheiro. Você teria tirado uma fortuna de mim agora – disse Sam.

A paciência de Adam se esgotou.

– Fique quieta! – ele retrucou.

– Nossa, calma! Tente ter um pouco mais de paciência – sorriu Sam, antes de prosseguir. – Vou dar uma sugestão: por que você não joga paciência? Assim, não terá que se preocupar em ganhar ou perder dinheiro.

– Como de costume, a sua piada foi uma porcaria. De qualquer forma, já estou cansado desse jogo. Vamos fazer outra coisa – disse Adam.

Os três passaram o resto da tarde procurando alguma coisa para fazer e se entediando com tudo. Às três e meia, os irmãos foram para o cinema.

O Carrasco

Chegaram um pouco antes do início do filme. Neil foi comprar os ingressos, enquanto Sam e Adam compravam pipoca. Os três logo entraram na sala e começaram a ver os trailers e anúncios que sempre passam antes do filme.

– Queria que aquele cara parado na frente da tela saísse dali – resmungou Neil.

– Que cara? – perguntou Adam, que estava na cadeira à direita dele.

– Aquele cara lá. Não está vendo? Ele está tapando praticamente metade da tela.

– Não estou vendo ninguém lá – sussurrou Sam.

– Você está cega? Ele está bem ali no meio – Neil insistiu.

– Espere um pouco. Se o cara estivesse no meio da tela, o projetor brilharia em cima dele, fazendo sombra na imagem – comentou Adam.

Neil olhou para o homem. Adam estava certo. O homem não parecia estar na frente da imagem projetada. Era mais como se ele estivesse na frente de uma televisão, e não de um filme projetado.

– Pare de inventar coisas de novo, Neil. Não é engraçado – disse Sam, revirando os olhos.

Neil afundou na cadeira.

"Só pode ser outro zumbi" – ele pensou, desesperado. "Consigo vê-los em qualquer lugar. Não posso nem ir ao cinema sem um morto-vivo para me encher o saco."

– Neil! – sussurrou Adam.

– O quê? – perguntou Neil.

– Você pirou!

– Eu sei. Não precisa me dizer, eu já sei – Neil respondeu, afundando mais ainda na poltrona.

Neil não conseguiu aproveitar nada do filme por causa do pequeno problema do morto-vivo. Depois da sessão, os três irmãos foram para casa. Chegaram às seis horas, jantaram e passaram a noite sem maiores preocupações. Então, por volta das dez horas, foram dormir. Era cedo, pelo menos dessa vez.

Lá pelas dez e meia, Neil se sentou na cama, pensativo, aguardando o retorno do Carrasco, conhecido como George pelos amigos. De repente, ele ouviu uma tosse, deu um pulo e se virou.

– Olá, Neil! – George o cumprimentou.

– Olá – o garoto respondeu, assustado.

Ele estava esperando George. Mas, mais uma vez, ficou aterrorizado com a aparência do fantasma.

– Então, por que você queria me encontrar? – perguntou George.

– Bem, acho que tenho um plano que vai ajudar nós dois – disse Neil.

– Plano? Que plano? – George estranhou.

– Acho que eu poderia ir à biblioteca e pesquisar tudo sobre maldições ciganas, para ajudar você... – disse Neil – ... ou algo assim.

– Não sei. É pouco provável que você descubra alguma coisa que eu não saiba – respondeu George.

– Talvez. Mas vale a pena dar uma olhada. Eu poderia encontrar outra maneira de acabar com a maldição, nunca se sabe.

– E o que posso fazer em troca? – perguntou o fantasma.

– Você está lendo meus pensamentos. Eu estava pensando se você não poderia assustar o Ivan para me ajudar a acabar com a maldição – disse Neil.

– Não posso, tenho medo – disse George.

– Por quê? – Neil perguntou.

– Porque o acampamento dos ciganos é cercado por feitiços poderosos de proteção. Não posso entrar lá – George afirmou.

– Se eu conseguisse acabar com esses feitiços de proteção, você me ajudaria? – perguntou Neil.

– Sim, mas é meio improvável que isso aconteça – respondeu George.

– Acho que posso dar um jeito – Neil disse, sorrindo com um ar de mistério.

– E qual seria? – perguntou George.

– Não se preocupe com isso agora. Eu acho que consigo fazer essa parte do meu plano dar certo – Neil retrucou, de forma evasiva.

– Mais alguma ideia?

– Sim. Eu queria saber se você consegue tocar nas coisas, sabe, levantá-las e tal – disse Neil.

– De certa forma, sim. Afinal, estou apoiado no chão, não é? – disse George.

– Então quer dizer que você consegue?

– Só se eu canalizar muita energia. Mas, depois, tocar em outras coisas estaria fora de cogitação – respondeu George.

– Mas você poderia, sei lá, levantar uma bola?

– Talvez, mas por pouco tempo. Por quê?

– Isso faz parte de outro plano. Se você não se importar, eu gostaria de provar a sua existência para os meus irmãos – Neil sorriu.

George hesitou e respondeu:

– Não sei. Os mortos-vivos preferem permanecer anônimos. Mostrar aos outros que nós existimos é um pouco incomum.

– Mas preciso da ajuda deles. Não posso fazer o meu plano funcionar sem eles – suplicou Neil.

– Tudo bem, então. Quando você gostaria de fazer isso? – disse George.

– Amanhã, depois do café da manhã, aqui mesmo – Neil respondeu.

– Certo. A gente se encontra aqui. Vou esperar a manhã inteira. Não tenho nada para fazer mesmo – disse George. – Mas que horas?

– Não sei, pode ser às onze? – Neil sugeriu.

– Combinado, às onze! – disse George.

– Ótimo! Você também consegue escrever? – o garoto perguntou.

– Sabe como é, eu não tive motivos para escrever para ninguém recentemente, mas acho que consigo – disse George. – Por que pergunta?

– Talvez eu tenha outro plano.

A expressão nas partes visíveis do rosto do homem encapuzado mostrava que ele não estava impressionado.

Os dois ficaram ali por alguns momentos em silêncio, até que Neil perguntou:

– Eu queria saber como é possível você andar no ar, atravessar paredes e fazer coisas parecidas.

– Eu não tenho um corpo mortal. A minha forma é completamente diferente de qualquer substância do mundo mortal. No mundo mortal, eu não tenho nenhuma massa física, então o ar consegue me sustentar. Eu posso atravessar paredes pela mesma razão. Para mover alguma coisa, como você quer que eu faça, serei obrigado a fazer um esforço enorme. A minha presença raramente é percebida. Você é uma exceção. Não consigo mais sentir, saborear nem cheirar coisas. Emoções como felicidade, esperança e amor são coisas que eu não tenho há muito tempo.

E essa é apenas uma parte da minha tragédia neste mundo.

– Entendi – disse Neil, sem bancar o sábio, mas comovido ao ver a existência amaldiçoada daquele homem.

– Preciso ir – disse o fantasma.

– Muito obrigado mesmo por me ajudar! – disse Neil.

– Vou dar o meu melhor – George prometeu, sorrindo. – Boa noite.

– Boa noite – Neil respondeu, enquanto o fantasma ia para o corredor atravessando a porta.

– Como eu queria que ele não fizesse isso! – Neil murmurou.

Capítulo 4

Num sonho, Neil estava sentado no meio de um campo, olhando para longe. De repente, sentiu uma presença atrás dele. Então, levantou-se e virou. Deu de cara com um menino da mesma idade que ele, mas vestido como cigano.

– Estou procurando por ele, Neil, preciso corrigir o erro. Traga-o para mim. Estou pronto para escutá-lo.

– Quem? – perguntou Neil.

– Quando chegar a hora, você saberá o que fazer – respondeu o menino cigano.

– Quem é você? – Neil insistiu.

– Eu sou...

No dia seguinte, Neil acordou cedo e por conta própria, sem a ajuda de Adam, pelo menos uma vez. Ele se lembrou dos acontecimentos do dia anterior e bocejou.

"Quando você menos espera, quando está cuidando da própria vida, sem querer você cai de uma árvore em cima de um menino cigano e recebe uma maldição cigana que transforma a sua vida em um pesadelo. Isso acontece o tempo todo" – Neil pensou. Ele bocejou ainda mais alto e enfiou a cabeça embaixo do travesseiro.

Olhou para o relógio. Eram sete horas, o horário perfeito para acordar em um dia de aula, mas cedo demais para alguém que está de férias. Ele rolou e tentou voltar a dormir, mas não conseguia. De repente, lembrou-se do sonho estranho. As coisas andavam muito esquisitas ultimamente, mesmo sem sonhos malucos.

Neil se levantou e vestiu um roupão. Desceu a escada na ponta dos pés e foi ver um pouco de televisão na sala. Como não conseguia dormir, ele pensou que poderia muito bem se distrair um pouco. Ao mudar de canal, Neil viu que estava passando um noticiário, além de um programa educativo sobre o ciclo de vida das salamandras e um seriado. Decidiu ver o seriado e se esqueceu dos problemas por algum tempo.

Às oito e meia, Adam entrou na sala de estar.

– Bom dia, Neil.

– Oi, Adam – ele respondeu, olhando para o irmão.

– Tem visto muitos fantasmas? – Adam perguntou.

– Um ou outro – respondeu Neil, antes de murmurar baixinho: – Você não sabe a surpresa que preparei para você.

O Carrasco

A manhã passou rápido para Neil. Então, um pouco antes das onze, ele chamou os irmãos para irem até seu quarto.

– O que você quer? Por que estamos aqui? – perguntou Sam.

Neil olhou ao redor, em busca de George. Ele não estava lá. Neil imaginou que seria melhor ter certeza de que o fantasma estava no quarto antes de chamar Sam e Adam. Mas ele estava empolgado demais para pensar nisso.

– É, Neil, o que foi? – Adam perguntou.

– Ah... – começou Neil. – É que eu...

Nesse momento, George surgiu através da parede e piscou para Neil.

– Você o quê? – perguntou Sam.

– Isso – Neil sorriu.

– Como assim "isso"? – Adam perguntou.

– Quer dizer, isso – Neil repetiu, pegando uma bola de futebol que ele tinha colocado em cima da cama para a ocasião.

Neil jogou a bola para George, que tentou pegá-la. Infelizmente, a bola passou direto pelo fantasma, que deu de ombros e sorriu para Neil.

– Uau! Você sabe arremessar – disse Adam, irônico.

– Confesso que estou impressionada – afirmou Sam.

– Pois é – concordou Adam, antes de imitar um comentarista de esportes. – No começo, eu estava meio em dúvida sobre a capacidade dele de arremessar a bola, mas ele demonstrou todo seu talento depois dessa proeza.

– Foi incrível como ele conseguiu fazer a bola voar pelo quarto, bater na parede e cair no chão – Sam acrescentou.

– Foi mesmo inacreditável, Sam – continuou Adam, com sua voz de comentarista. – Acho que vai demorar para encontrarmos alguém tão talentoso. Não tem para...

Adam parou a frase no meio, enquanto a bola levitava e ia na direção dele.

– Como você fez isso? – ele perguntou.

– Não fui eu – respondeu Neil.

– Então quem foi? – Sam perguntou.

– Sam, Adam, este é George, o fantasma que mora na nossa casa há centenas de anos.

– Ah, Neil. Eu sei que você quer que a gente acredite que existem fantasmas na casa, mas você não engana ninguém – disse Sam.

– Então, quem está levando a bola até o outro lado do quarto? – Neil perguntou.

– É algum truque com cordas ou algo parecido – disse Adam. – Admito que foi impressionante, até acreditei por alguns segundos. Mas não foi um fantasma, disso eu tenho certeza.

– George, faça algo mais drástico, por favor – Neil pediu.

– Tipo o quê? – perguntou George, deixando a bola cair.

– Sei lá. Consegue dar um empurrão no Adam?

– Essa eu quero ver – zombou Adam. – Ei! Pare com isso!

Adam saltou quase um metro para a frente, como se tivesse sido empurrado. Olhou para trás, mas não viu ninguém.

– Ai! – exclamou Adam, colocando a mão no rosto, onde tinha aparecido uma marca vermelha. – Neil, pare com isso!

– Parar o quê? – perguntou Neil, fingindo inocência. – Não estou vendo nada.

– Vocês dois são patéticos, achando que vão me enganar – Sam disse, com firmeza. – Ei!

Ela se virou e olhou para o espaço vazio.

– Se você encostar um dedo no meu rosto, você é um homem morto! – ela ameaçou.

– Mas eu já sou! – disse George.

– Acreditam em mim agora? – perguntou Neil.

Adam concordou em silêncio, mas Sam disse:

– Olha, eu não sei como você está fazendo isso, mas ainda não me engana.

– Tente levantá-la, George – disse Neil.

Sam ficou pálida quando sentiu que dois braços invisíveis agarravam sua cintura e lentamente a levantavam a centímetros do chão.

– Tá legal, eu acredito em você! – ela disse rapidamente.

– Obrigado. Até que enfim! Pode parar agora, George – disse Neil.

– Bem na hora. Eu não aguentaria fazer isso por muito tempo – disse George, que estava começando a se cansar.

– Isso é muito estranho – disse Adam, tremendo.

– Ahn... – Sam começou.

– Sim? – Neil perguntou.

– Esse tal de George... é um... cadáver? – Sam continuou.

– Sim. Não é o cadáver do louco que eu vi no banheiro antes, mas é um morto-vivo, com certeza – sorriu Neil.

– Credo! Ele encostou em mim! – Sam exclamou, fazendo cara de nojo.

– Ah, mas você não teria acreditado em mim se isso não acontecesse, não é? – Neil se justificou.

– É, talvez... – disse Sam, cautelosa. – Mas, eca, por que você pediu para ele me tocar?

Sam pensou por alguns segundos no que tinha acabado de dizer, antes de acrescentar rapidamente:

– Não quis ofender, George.

– Se eu não tivesse perdido a capacidade de me sentir insultado, eu teria ficado bem magoado com esse comentário – George falou.

– Ele disse que não foi nada – Neil corrigiu, rindo.

– Neil, isso não é engraçado. Estamos diante de um fantasma que só você consegue ver e que pode empurrar qualquer coisa ou pessoa. Estamos à mercê dele! – disse Sam. – De novo, George, não quis ofender.

– Ele está aqui há centenas de anos. Nós é que somos os intrusos – Neil observou.

– Eu não gosto nada disso.

– Onde ele está agora? – Adam perguntou.

– Ele está do lado da Sam – disse Neil.

Sam estremeceu e se afastou, nervosa.

– A Sam acabou de se aproximar ainda mais dele. Na verdade, eu acho que ela está um pouquinho dentro dele – continuou Neil. – Puxa! O George está ficando um pouco agitado. Agora ele está se afastando.

– Para onde ele foi? – Adam perguntou.

– Para a porta. Olha, Sam, o George já percebeu, fique parada – Neil respondeu.

– Então, ele é o fantasma de quem mesmo? – Adam perguntou, fingindo que não estava nem um pouco assustado.

– Ah, é! Tinha esquecido de falar: do Carrasco.

Houve um silêncio. Então, Sam disse:

– Já chega, agora eu sei que você está mentindo. Não sei como fez esse truque, mas sei que só está tentando nos fazer de bobos.

Neil já estava irritado e sabia que George não teria muita energia para mais nada.

– Eu não fiz truque nenhum! É verdade, estou falando! Você até sentiu o George levantar você!

– Onde está a câmera escondida? Isso é uma pegadinha de algum programa de TV para você ganhar alguns trocados? Só pode ser algo assim – disse Sam.

– Mas...

– E o Adam também está envolvido nisso? Isso parece coisa dele – ela continuou.

– O quê? Não! Como eu poderia... – começou Adam.

– Ok, como seria possível explicar que ele levantou você? – Neil perguntou.

– Fios finos enrolados em volta de mim ou algo assim. E agora, pensando bem, a maior parte desta suposta atividade fantasmagórica tinha você como alvo, Adam – Sam imaginou.

– Eu não tenho nada a ver com isso – disse Adam, indignado. – Mas sei o que aconteceu comigo.

– Está bem, Neil, peça para o seu amiguinho fazer alguma coisa então – disse Sam.

George, que ouvia a discussão com interesse, foi para perto de Neil.

– O que quer que eu faça agora? – ele perguntou.

– Desculpe por isso, George. Faça o que quiser – disse Neil. – Só não exagere.

– Então? – perguntou Sam.

– Quer que eu escreva algo na parede? – perguntou George.

– Na parede, não. Vou pegar caneta e papel – disse Neil.

– Neil, você está falando besteira – disse Sam.

– Não está, não. Ele está falando com o George.

– Ah, sim! O lendário George, o lendário Carrasco bobalhão.

– Que tal você mesmo pegar a caneta e o papel na gaveta? – disse Neil. – Acho que você sabe onde as coisas estão.

– Sim – George respondeu, abrindo a gaveta e pegando um bloco de papel e uma caneta.

Adam e Sam observaram os objetos flutuarem e pousarem na mesa.

– Ele está manipulando tudo com cordas – Sam zombou.

– Mas como alguém conseguiria fazer isso com cordas? Ela é tonta ou algo assim? – George perguntou.

– Ele disse que você é uma pessoa difícil de convencer, Sam – disse Neil.

– É claro que ele falou isso – Sam concordou, irônica.

A caneta flutuou no ar. Adam e Sam se aproximaram. Um risco surgiu no papel e a caneta começou a se mover ao longo da página, escrevendo.

– Qual a sua explicação para isso, Sam? – Neil questionou.

Sam passou a mão por cima da caneta, procurando cordas. Em seguida, olhou embaixo da mesa, em busca de alguma coisa suspeita.

– Com licença, senhorita. Você está olhando através das minhas pernas – George disse, envergonhado.

– Ele pediu para você tirar a sua cabeça do meio das pernas dele – disse Neil. – É muito constrangedor.

Sam suspirou e se sentou.

– Certo, eu acredito em você – ela finalmente aceitou.

– É, Sam... – disse Neil, quando a caneta caiu na mesa.

– O que foi, Neil? – ela perguntou.

– Que bom que você acredita no George. Mas...

– O que foi? – Sam respondeu.

– ... você poderia sair do colo dele? Ele está com dificuldade para se levantar.

– Eca! – gritou Sam, pulando. – Você poderia ter dito isso antes!

– Eu tentei, mas sabe como é... – disse Neil.

– Não sei, não! – Sam retrucou.

– Acho que você o ofendeu – Neil avisou.

– Desculpe. Mas é que estou tendo um dia um pouco ruim.

– Imagino que esteja mesmo.

– Faça outra coisa, George – Adam pediu.

Por um segundo, Neil ouviu algo que só ele conseguia ouvir e disse ao irmão:

– Ele não pode, está muito cansado. Aparentemente, os mortos usam uma grande quantidade de energia para mover coisas.

– E os *poltergeists*? – Adam perguntou. – Eles sempre movem coisas.

– O George disse que eles são muito bravos.

– E daí? – Adam perguntou.

– Significa que eles têm muita energia para gastar.

– Ah... entendi. – Adam disse.

Neil escutou um pouco mais, antes de dizer:

– O George me lembrou por que eu precisava provar a existência dele para vocês. Prestem bem atenção, porque acho que vocês não vão gostar do que tenho para dizer...

Capítulo 5

O plano de Neil era bem simples: Sam iria ao acampamento dos ciganos para tentar convencer Jake a retirar do acampamento alguns feitiços de proteção contra os fantasmas, ou pelo menos para descobrir algum local por onde George pudesse entrar. Se ela conseguisse, o fantasma iria ao acampamento e assustaria Ivan até que ele prometesse acabar com a maldição de Neil. Os outros ciganos não acreditariam no garoto se ele dissesse alguma coisa, pois achariam que os feitiços ainda estavam funcionando.

É claro que faltava um pequeno detalhe...

– Não vou fazer isso, e pronto! – Sam disse, com firmeza.

– Mas você é a única pessoa que ele vai ouvir – Neil suplicou.

– É uma pena, mas não vou fazer isso. Além disso, você sabe o quanto eles são unidos. Eles não vão me ouvir, não vão dar ouvidos a ninguém – ela concluiu.

– Mas vale a pena tentar – insistiu Neil.

– É mesmo! – Adam apoiou, com um sorriso. – Se não fizermos isso, o fantasma vai continuar morando com a gente.

– É um bom plano – George disse. – Mas não tenho certeza se vai funcionar.

– Por que não? – Neil perguntou.

– Porque eu não quero, só por isso. Jake jamais faria isso – Sam falou.

– Porque os ciganos são muito unidos e nunca revelam a magia deles. É melhor desistir dessa ideia, ele nunca vai fazer isso – George concordou.

– Você não está sendo muito útil, George – Neil disse.

– Então, você acha que esse plano vai dar certo? – perguntou George.

– Confie em mim – Neil pediu.

– Nunca mais vou confiar em você depois disso – Sam falou.

– Você, não! Ah, esquece. Pense no assunto, ok? – Neil insistiu.

– Vou pensar... – ela falou, e logo completou: – Já pensei. Não!

– Então, faça isso por mim e pelo George.

– Como assim?

– Por mais que eu goste do George aqui, existem alguns membros não muito agradáveis da comunidade, e não quero passar a minha vida tendo que conversar com eles – respondeu Neil. – E o pobre George está nessa condição há centenas de anos, como você se sentiria no lugar dele?

– Ah! Tudo bem! Mas já vou avisando que não vai dar certo! – Sam falou.

– Coloco a maior fé em você, Sam – Neil disse.

– Eu, não! – disse Adam. – Mas, de qualquer maneira, vai ser engraçado.

– Adam...

– O que foi, Neil?

– Fique quieto!

– Tá legal – riu Adam.

– Será que esse moleque nunca leva nada a sério? Ele acabou de descobrir que fantasmas existem e já está fazendo piada – Sam comentou.

– Ah, temos que rir, não é? Caso contrário, ficaríamos loucos, que nem o Neil – disse Adam.

– Ei! Não comece de novo! – Neil protestou.

– Ok, ok – disse Adam.

– Então, quando vamos começar esse seu plano? – perguntou Sam.

– Não sei. Hoje, talvez...

– De jeito nenhum, não estou preparada – Sam falou.

– Amanhã então?

– Combinado – ela disse, suspirando.

As três crianças e George, o Carrasco, passaram o resto do dia planejando cada detalhe do que fariam e de como fariam. Pela primeira vez em centenas de anos, George teve um pouco de esperança enquanto eles pensavam em um plano para fazer os ciganos lançarem algum feitiço que trouxesse Ricardo de volta dos mortos, para que George pudesse pedir perdão. Sam tentaria encontrar Jake longe do acampamento e de Ivan, para pedir ajuda.

Normalmente, eles conseguiam encontrá-lo num campo próximo ao acampamento, por volta do meio-dia. Planejaram esperar por ele lá. Neil e Adam ficariam por perto, mas fora de vista, já que Neil não era muito popular entre os ciganos, e Adam não era muito útil nessas horas. Com seu senso de humor irritante, ele provavelmente só pioraria as coisas, mas não parecia se importar muito com isso. Na verdade, ele até ficou um pouco feliz de saber que tinha alguma influência naquilo tudo, não importando se ela era boa ou não. Sam estava menos feliz, bem menos feliz, para falar a verdade.

– Um de vocês tem que estar lá comigo. Eu não vou falar com ele sozinha – ela exigiu.

– Ah! Qual é, Sam, você conhece o Jake muito bem – Neil disse.

– Tudo bem, você vem comigo então.

– Não posso, eles não querem me ver, lembra?

– O Ivan não quer, mas o Jake não liga – disse ela.

– Liga sim, lembra que os ciganos são muito unidos?

– E daí? Eu não vou sozinha.

– Que tal o George ir com você? – Neil sugeriu.

Houve um silêncio.

– O quê? – Sam perguntou afinal.

– O George poderia ir com você.

– Mas eu não consigo vê-lo.

– O Jake provavelmente consegue.

– Ele consegue? – perguntou Sam.

– O George disse que os ciganos conseguem ver fantasmas – Neil disse.

– Está bem, eu vou com o George. Só não me diga que ele está perto de mim quando ele não estiver – Sam falou.

– Vou pedir para ele segurar sua mão – Neil disse, sorrindo.

– Não! – Sam exclamou, antes de acrescentar com mais calma: – Ou melhor, não precisa, confio em você.

– Bem, então está resolvido. Não sei quanto a vocês, mas eu vou ver TV lá embaixo – Neil concluiu.

Neil e Adam passaram o resto do dia na frente da televisão, vendo vídeos. Sam passou o resto do dia preocupada.

Ao anoitecer, Neil estava quase dormindo em frente à televisão, quando ouviu algo estranho.

– Eu sou você, Neil – disse o menino cigano.

– Você sou eu? Não entendi – ele disse.

– O tempo está próximo. Você vai entender e depois vai me ajudar a ajudá-lo – respondeu o menino.

– Ajudar quem? – Neil perguntou.

– Você sabe quem. Agora, vá fazer o que é certo. Siga o seu coração – disse o menino.

No dia seguinte, os três dormiram até tarde. Era quase meio-dia quando eles desceram para tomar café, ou melhor, para almoçar. Sam ainda não estava satisfeita com o plano de Neil. Na verdade, nem o próprio Neil estava, mas ele exibiu um ar de tranquilidade e tentou se mostrar confiante.

– Espero que o George apareça logo. Temos que estar no campo um pouco antes do meio-dia, para não perdermos o Jake – Neil falou, ansioso.

– Que horas são? – Sam perguntou.

– Onze e meia – disse Adam.

– Isso significa que ele tem dez minutos – Neil comentou, comendo um pedaço de pão.

– Gostaria de poder vê-lo – Adam disse.

– Sei que ele é um cara bem legal, mas você não ia gostar nem um pouco de ficar vendo mortos o tempo todo – Neil respondeu.

– O tempo todo? Você só viu dois – Sam falou.

– Não, três! – respondeu Neil. – Lembra quando eu vi aquele cara na frente da tela do cinema?

– Então, foram só três – disse Adam.

– Sim, mas isso foi em poucos dias e só em dois lugares diferentes. Imaginem quantos deles devem existir por aí.

– Acho que você tem razão – Adam concordou.

– Eu sei que tenho – Neil disse. – Sabe o que é ficar acordando a noite inteira por causa de fantasmas e coisas do tipo?

– Mas deve ter algum ponto positivo nisso – Adam insistiu.

– Qual? Conversar com um fantasma no ônibus ou no trem sem saber que ele é fantasma, e com as pessoas achando que você é louco?

– Vamos, precisamos ir logo. O George já chegou? – Sam perguntou.

Neil olhou em volta.

– Acho que não. Vou olhar no andar de cima. Ah, aqui está ele. Venha, George, temos que ir – ele disse.

Os quatro seguiram pela estrada até o campo próximo ao acampamento, onde esperavam encontrar Jake. O clima era muito agradável, o sol brilhava e não havia nuvens no céu, o que ajudou a levantar um pouco o ânimo deles. Assim, quando chegaram, eles se sentiam preparados para enfrentar qualquer coisa que acontecesse naquele dia.

– Vou ficar na trilha com o Adam – Neil avisou. – Vocês dois podem ir até o campo e procurar o Jake.

– Como é que eu vou saber onde o George está? – perguntou Sam.

– Vou colocar a minha mão no ombro dela – disse o fantasma.

– Ele disse que vai colocar a mão no seu ombro – Neil informou.

– Certo... – Sam falou, um pouco nervosa.

Sam sentiu o toque fantasmagórico de George no ombro e se arrepiou no mesmo instante. Ela virou a esquina devagar e sumiu de vista quando passou pelo portão e seguiu para o campo.

– Será que ela vai conseguir convencer Jake a nos ajudar? – Neil perguntou para Adam.

– Não sei – Adam respondeu. – Já estaremos com sorte se ela conseguir encontrá-lo. Mas, se ela vai convencê-lo, eu não sei.

Os dois meninos ficaram ali em silêncio por um tempo, ouvindo o canto dos pássaros nas árvores e observando um carro ou outro passar. Por fim, Sam reapareceu na esquina. Os garotos tentaram ler a expressão no rosto dela, mas não conseguiram.

– Então, como foi? – Neil perguntou, ansioso.

– Para começar, ele pediu desculpas pela atitude do Ivan – Sam respondeu. – Disse que o Ivan não deveria ter falado nada, por causa da tradição cigana.

– E ele vai poder nos ajudar? – Neil perguntou.

– Ele não pode enfraquecer os feitiços que cercam o acampamento, porque isso exige uma grande cerimônia cigana – Sam argumentou. – Mas ele falou de um local no acampamento onde os feitiços são mais fracos. O George poderia passar por ali.

– Aliás, onde está ele? – Neil perguntou.

– Conversando com o Jake – Sam falou.

– Ele consegue ver o fantasma? – Adam perguntou.

– Sim. Mas, aparentemente, por causa dos feitiços de proteção ao redor do acampamento, ele não tem a chance de ver os mortos. Pelo que eu fui capaz de entender, eles estão tentando chegar a um acordo – disse Sam.

– Que tipo de acordo? – Neil perguntou.

– Não consegui entender direito qual acordo seria, só escutei metade da conversa – Sam explicou. – Mas acho que o George vai conseguir assustar o Ivan para que ele retire a maldição.

– Isso é ótimo! Obrigado, Sam – Neil agradeceu, dando um abraço na irmã. – Você também falou sobre ajudar o George?

– Sim – Sam disse. – Mas, aparentemente, os ciganos não podem trazer o fantasma do Ricardo de volta. É o fantasma que precisa querer voltar.

– Acho que não há mais esperança para o George, então – Neil disse.

– Também acho que não – Sam concordou. – É uma pena, principalmente porque ele está nos ajudando e tudo mais.

– É... isso só serve para mostrar que nunca devemos irritar os ciganos – disse Adam.

– Acho que quase todos os amaldiçoados aprendem essa lição da maneira mais difícil. Pelo menos a minha maldição não é tão ruim quanto a de outras pessoas – Neil falou.

– Parece que não – Sam concordou. – Mas continua sendo uma maldição. Acho que você estaria melhor sem ela.

– Ah, sim, com certeza. Mas, comparando a minha maldição com a do George, percebi que ela não é tão ruim – Neil confirmou.

– Pensando assim, a sua maldição não parece quase nada mesmo.

– Não é bem assim, mas sei o que você quer dizer – Neil retrucou. – Por falar no George, lá vem ele.

George parecia um pouco cabisbaixo, mas tentou disfarçar.

– Falei com o Jake sobre assustar aquele pequeno cigano encrenqueiro. Em breve, sua maldição vai acabar – disse ele.

– Mas parece que o seu caso não é tão fácil de resolver, né? – Neil sondou.

– Olhando pelo lado otimista das coisas, o jovem Ricardo até poderia retornar e me perdoar – disse George, sem muita convicção.

– Acho que um dia ele vai fazer isso – Neil desejou. – Vamos esperar que ele se lembre de você.

– Acho meio difícil ele me esquecer, eu o enforquei – disse George, triste. – Eu nunca quis fazer isso, mas fui obrigado. Era o meu dever naquela aldeia.

– Eu desconfiava. Eu só não queria perguntar – Neil confessou.

– Agora você sabe – disse George.

– O que ele está dizendo, Neil? – perguntou Adam.

– Está dizendo que ele não queria enforcar Ricardo e espera encontrá-lo de novo um dia.

– E o que ele disse quando você falou que desconfiava? – perguntou Sam.

– Exatamente o que acabei de dizer: que o George foi forçado a ser carrasco. Ele não teve escolha.

– E quando ele vai para o acampamento assustar o Ivan? – perguntou Sam.

Neil ficou ouvindo George falar por alguns segundos.

– Hoje à noite, pelo que ele me disse – Neil falou.

– Ele sabe onde fica a parte do acampamento com feitiços mais fracos? – perguntou Sam. – Eu vim embora antes de descobrir.

– Jake contou para ele – Neil disse.

– Acho que está tudo resolvido, então – Sam finalizou. – Vamos embora?

– Vamos, se for só isso mesmo – Neil concordou, começando a voltar para casa. – Aliás, o Jake já foi embora, George?

– Sim – respondeu George. – Ele precisava voltar para o acampamento.

– Parece que vamos ter que esperar até anoitecer – disse Adam. – Enquanto isso, por que não damos um passeio de bicicleta lá perto de casa?

– Um passeio de bicicleta? – perguntou Sam.

– Pensei que você achasse isso chato – Neil disse.

– Ah, é chato. Mas é melhor do que ficar sem fazer nada, não é?

– Então, vamos andar de bicicleta – falou Neil.

Quando eles chegaram em casa, George saiu para fazer o que os fantasmas fazem no tempo livre e disse que encontraria os três no quarto de Neil por volta das dez e meia da noite. Neil, Sam e Adam pegaram as bicicletas e um lanche para mais tarde e partiram, sob o sol quente do verão. Era bom estar fora de casa de novo. Os três quase se esqueceram dos problemas que estavam enfrentando. Por fim, chegaram a um lago, onde havia alguns patos nadando. Decidiram fazer uma pausa para um lanche. Apoiaram as bicicletas numa árvore e se sentaram à beira do lago, olhando para a água turva.

– É bom passear, não é? – Sam falou.

– Sim, verdade – Neil disse.

– Será que tem peixe nesse lago? – perguntou Adam.

– Não sei, deve ter – Neil imaginou, chegando mais perto da beira do lago, para evitar o brilho do sol que refletia na água.

O lago não parecia ter muitos peixes, mas a água estava turva, então Neil não tinha certeza. Além disso, o reflexo dele atrapalhava. Ele inclinou um pouco a cabeça e tentou fazer sombra na água para se livrar do reflexo. Ao fazer isso, viu o reflexo de um menino cigano, que lhe parecia muito familiar. O menino sorriu. Neil se virou, mas não havia ninguém ali.

– O que foi, Neil? – perguntou Adam, sentando-se novamente.

– Na-nada – respondeu Neil, com o rosto pálido.

– Não parece – Sam emendou.

– Só pensei ter visto alguma coisa. Foi só isso – Neil disse.

– Só isso? – perguntou Adam. – Faz alguns dias que você vê fantasmas e agora vem dizer "só isso" depois de ver uma coisa que com certeza é mais do que "só isso"?

– Não é nada, ok? – Neil disse, angustiado.

– Já que você está dizendo – falou Sam, incrédula.

– Vamos – Neil disse, mudando de assunto. – Vamos logo.

– Mas acabamos de chegar – Adam estranhou.

– Vamos! – Sam falou, olhando para o irmão.

– Está bem – Adam aceitou, contrariado.

Os três partiram mais uma vez, e logo o episódio do lago foi esquecido. Às três da tarde, Neil, Sam e Adam decidiram voltar para casa, pois já estavam começando a ficar com fome. Chegaram um pouco antes das cinco, completamente exaustos. O jantar estava quase pronto quando eles entraram cambaleando pela porta da frente. Felizes, eles se sentaram e devoraram tudo. Não disseram uma palavra antes de terminarem a refeição.

– Parece que vocês nem vão precisar lavar esses pratos! – observou a mãe, quando os três se preparavam para colocar as louças na máquina. – Vocês com certeza fizeram um trabalho melhor que o da lava-louça.

– Mesmo assim, mãe, acho melhor usarmos a máquina de lavar louça – Sam falou.

– Fiquem à vontade – disse a mãe, rindo enquanto saía da cozinha.

Quando a mãe foi embora, os três começaram a conversar enquanto limpavam a cozinha.

– É hoje que o George vai assustar o Ivan? – Adam perguntou.

– Acho que sim – Neil respondeu. – Acho que é por isso que ele quer encontrar a gente às dez e meia.

– Entendi – disse Adam. – Espero que ele dê um belo susto no Ivan.

– Eu também – Neil concordou. – Vai servir de lição para ele.

– Só espero que ele retire a maldição – Sam falou, ansiosa. – Você sabe que ele é meio teimoso.

– O que será que o George vai fazer? – comentou Adam.

– Não sei. Nem pensei nisso ainda – Neil respondeu.

– É, ele não pode simplesmente dizer para o Ivan: "retire a maldição". Pode? – Sam falou.

– E se o Ivan não ficar com medo? E se ele estiver acostumado com fantasmas e não se assustar? – perguntou Adam.

– De acordo com o Jake, o Ivan nunca viu um fantasma – respondeu Sam. – Mesmo que ele consiga vê-los, ele não acredita nessas coisas.

– Acho que isso vai nos ajudar – Neil disse.

– Espero que sim – Sam falou.

Às dez e meia, os três estavam no quarto de Neil mais uma vez, esperando George chegar.

– Não sei se é porque os fantasmas não usam relógios ou se é alguma coisa pessoal do George, mas parece que ele nunca chega na hora... Ele sempre se atrasa alguns minutos! – disse Adam.

– Adam, se eu fosse você, eu pensaria duas vezes antes de falar – Neil disse, com um sorriso.

– O quê? Ele está aqui? – perguntou Adam, ansioso. – Você não tinha avisado, eu não quis ofender.

– Não, mas eu assustei você, né? Agora ele está aqui – Neil disse.

– Olá, Neil – o fantasma o cumprimentou.

– Oi, George – ele respondeu.

– Diga "oi" por mim para os seus irmãos – George pediu.

– Ele disse "oi" – Neil repetiu para Sam e Adam. – Agora, vamos ao que interessa. Que ideias você tem para nós, George?

– Bem, como vocês sabem, vou assustar o Ivan hoje à noite. Pensei muito em como vou fazer isso e acho que tenho um bom plano – começou George.

– Que plano? – Neil indagou.

– Vou entrar no trailer dele, conforme o planejado. Primeiro, vou acordá-lo, falando no ouvido dele. Depois, vou empurrá-lo da cama.

– E se ele não acordar com você falando? – Neil perguntou.

– Eu vou empurrá-lo da cama de qualquer jeito.

– É justo. E depois? – Neil quis saber.

– O que ele disse, Neil? – perguntou Adam.

– Xiu! Quando ele terminar, eu conto – Neil falou.

– Depois de fazer isso várias vezes e me esconder, vou derrubá-lo da cama mais uma vez. Em seguida, vou pegá-lo e empurrá-lo para fora do trailer – continuou George.

– E depois? – Neil perguntou.

– Deixo o Ivan entrar de novo no trailer e começo a jogar coisas para todo lado.

– Será que ele não vai ver você? – Neil perguntou.

– Vou ficar escondido.

– Mas ele vai perceber de onde as coisas estão vindo.

– Quando ele for olhar, vou atravessar o chão do trailer e aparecer atrás dele, dizendo "bu".

– Entendi! – Neil disse. – Nossa! Se eu estivesse no lugar dele, acho que eu ficaria bem assustado.

– Bem assustado? Você ficaria aterrorizado. Lembra quando você viu pela primeira vez o fantasma na banheira? – disse George.

– Ah, eu fiquei morrendo de medo – Neil teve que admitir.

– Neil, conte para a gente o que ele vai fazer – Sam quis saber.

– Já vou, então! Até daqui a umas duas horas, no máximo – disse George.

– Até mais! – Neil disse.

Sam e Adam olharam para ele, na expectativa.

– Certo, vou contar para vocês.

O Carrasco

Enquanto Neil contava o plano de George para os irmãos, o fantasma ia para o acampamento. Ao chegar, George logo encontrou o local onde os feitiços eram mais fracos e seguiu em frente, apesar do grande desconforto que eles lhe causavam. Faíscas invisíveis saíam de George enquanto ele atravessava o local, mas, finalmente, com um estalo baixinho, terminou de atravessar a barreira. Porém, ele começou a pensar se conseguiria fazer o que tinha planejado. Os feitiços que protegiam o acampamento, mesmo naquele local, eram fortes para George e tinham drenado consideravelmente a energia dele. O ponto por onde ele havia invadido o acampamento dos ciganos era uma pequena porção de terra ligeiramente mais alta, que lhe dava a visão de todo o acampamento. Ele estava a cerca de 20 metros de distância dos trailers. Ainda escondido pelas árvores que ficavam ao redor do acampamento, George começou a andar, tentando ver se alguém se mexia perto das brasas da fogueira. Mas não parecia haver ninguém.

Pela primeira vez em anos, George precisou prestar bastante atenção no lugar aonde ia. Desde que havia se enforcado, centenas de anos atrás, quase ninguém podia vê-lo. Dessa vez, é claro, ele estava num acampamento cigano, e os ciganos, naturalmente mais propensos a ver o invisível, eram capazes de enxergá-lo. Evitar os ciganos era de extrema importância. Se um deles o visse, o plano estaria arruinado. Ele contava com o fato de que os outros não acreditariam em Ivan quando ele dissesse que foi assombrado pelo Carrasco. Esperava que Jake fosse capaz de cuidar disso, tentando convencer os ciganos de que Ivan estava inventando tudo.

Mas onde ficava o trailer de Ivan? Jake tinha dado detalhes para George sobre o local onde o garoto dormia, mas o Carrasco não conseguia decidir qual dos trailers era o certo. Ele andou furtivamente pelo acampamento até chegar ao lugar onde tinha certeza que o trailer de Ivan ficava. George enfiou a cabeça através da parede de um trailer qualquer. Deitado em uma cama do outro lado, havia um menino loiro dormindo. George se lembrou de que Jake havia contado a ele que Ivan era loiro, o que era estranho entre os ciganos, que normalmente tinham cabelos escuros. Parecia que este era o trailer que George procurava. Mas como ele poderia ter certeza?

De repente, o menino abriu os olhos e viu a cabeça de George atravessada na parede do trailer.

– Ahhh! – gritou o menino.

George puxou a cabeça para trás e decidiu que teria que arriscar. Provavelmente, aquele era o trailer certo, e o menino era Ivan. Enfiou de novo a cabeça na parede, mas logo voltou para fora, quando ouviu alguém pular da cama e correr para o pequeno quarto do menino. George ouviu vozes abafadas e, em seguida, pessoas discutindo. Por fim, um homem gritou:

– Foi só um pesadelo, Ivan. Volte a dormir!

George soltou um suspiro de alívio ao escutar o nome do menino. Era possível ouvir alguns passos, que duraram segundos. Em seguida, houve um breve rangido e um silêncio. Mudando o que havia planejado, George se ajoelhou e engatinhou por baixo do trailer até o local onde ele achava que a cama de Ivan estaria. Com cuidado, o fantasma atravessou com a cabeça o chão do quarto do menino. Ele estava exatamente embaixo da cama do garoto. George esperou alguns minutos e logo escutou um ronco suave. Colocando as mãos para cima, atravessando a cama, George empurrou Ivan e o derrubou. O menino cigano caiu com um baque, depois pulou e gritou com uma voz rouca.

– Quem fez isso?

– Vá dormir, Ivan! – berrou de novo o homem que estava no outro quarto do trailer.

Ivan estava prestes a responder, mas pensou melhor. Achou que tinha apenas caído da cama. Então, ele se aconchegou sob o cobertor, mas não ficaria assim por muito tempo, porque, no momento em que ele parou de se mexer, George o empurrou mais uma vez. Desta vez, o garoto cigano conseguiu evitar a queda. Então, levantou-se com cuidado para não acordar os pais, que já estavam ficando cansados de tantas perturbações.

– Quem está aí? – ele sussurrou, e a resposta foi o silêncio. – Sei que você está aí.

George se deslocou até ficar embaixo dos pés de Ivan. Enfiou a cabeça por trás do garoto, pegou nos tornozelos dele e se abaixou de novo, enquanto fazia Ivan tropeçar. Para a sorte de Ivan, ele caiu na cama, mas, ao mesmo tempo, fez um barulho muito alto.

– Ivan, fique quieto! Agora! Não quero ouvir mais nada até amanhã! – o pai esbravejou.

Ivan voltou para a cama, olhando com medo para o chão.

– O que está acontecendo comigo? – ele disse baixinho para si mesmo, deitando-se com cuidado.

De repente, a porta do quarto dele se abriu, aparentemente sozinha. Em seguida, foi a porta do trailer. Ivan sentiu que seus tornozelos tinham sido agarrados por alguém. Mas, antes que pudesse reagir, ele foi arrastado e jogado para fora do trailer. George foi para baixo do veículo após soltar Ivan, fazendo o garoto rolar escada abaixo até parar no chão. Cambaleando e coberto de terra, Ivan voltou para o trailer. Nesse momento, mais uma vez o pai, furioso, saiu do quarto.

– Mas que brincadeira é essa? Vou ter uma conversinha com você amanhã. E trate de ir para seu quarto e ficar lá! – ele berrou para o filho.

– Mas, pai, foi um fantasma, não fui eu... – Ivan tentou argumentar.

– Eu disse para você ir para o seu quarto, senão você vai conhecer o meu lado ruim! – o pai o interrompeu. – E não minta para mim sobre nenhum fantasma. Você sabe muito bem que os fantasmas não conseguem passar pelos feitiços.

– Sim, pai, mas... – disse Ivan.

– Volte para o seu quarto agora! – bradou o pai.

Ivan se virou e voltou para o pequeno quarto.

Embaixo do trailer, George ria, tentando recordar o que faria em seguida. De repente, ele se lembrou.

Enfiando a cabeça com cuidado pelo chão do trailer, George verificou se Ivan tinha voltado para a cama. O garoto já estava coberto até a cabeça com o cobertor. George deu risada. Isso estava melhor do que ele havia imaginado. Agora que Ivan estava com a cabeça debaixo do cobertor, o fantasma poderia encontrar um bom lugar para ficar e poder lançar coisas pelo quarto.

De repente, um pensamento atingiu George: ele não precisava se esconder em algum lugar do quarto para jogar as coisas, até porque não havia espaço para isso. Ele poderia ficar embaixo do trailer, lançando objetos por todo o quarto, e apenas uma das mãos seria vista.

George se enfiou no piso, deixando uma das mãos aparecer, e segurou uma bola de tênis que havia encontrado num canto.

Pela primeira vez desde a sua morte, George estava se divertindo de verdade. Depois de morrer, ele havia encontrado muitos *poltergeists*, fantasmas que jogam coisas e causam o caos entre os vivos. A ideia de lançar e destruir coisas realmente não fazia sentido para George. Ele sempre achou aquilo tudo muito infantil, mas agora estava começando a entender por que os *poltergeists* faziam aquilo.

Embaixo do trailer, George lembrou onde ficava a cama de Ivan e jogou a bola nessa direção. Ficou satisfeito ao ouvir um barulho seguido do grito abafado e desesperado de Ivan. George percebeu que tinha acertado na cabeça do garoto. Então, o fantasma ficou feliz com sua pontaria e mais uma vez enfiou a cabeça no trailer. Ivan ainda estava na cama, escondido debaixo do cobertor, mas estava visivelmente tremendo. Por um instante, George sentiu um pouco de pena do menino cigano, até se lembrar de como Ivan era mau. O fantasma se moveu lentamente, agarrou o cobertor e o puxou com força para fora da cama, expondo Ivan, que estava todo encolhido. George ficou com o cobertor na cabeça.

– Saia daqui! O que você quer? – perguntou Ivan.

– Quero que você faça o que é certo, Ivan – disse George, com uma voz que ecoava pelo trailer.

– Quem disse isso? – perguntou Ivan.

– Ivan, silêncio! – gritou o pai do menino cigano.

– Você está deixando os espíritos do submundo muito irritados, garoto.

– O quê? Por quê? – perguntou Ivan.

– A sua atitude contra os outros é intolerável.

– Que atitude? – perguntou Ivan.

– Sua maldição, Ivan. Você amaldiçoou outra criança sem nenhum motivo, apenas por maldade e rancor – disse George.

– Quem? – perguntou Ivan.

– Falo daquele que atende pelo nome de Neil. Você o amaldiçoou porque ele é diferente, por não ser um cigano, por ser mais popular com os outros ciganos do que você – George continuou.

– Nunca fiz isso! Foi ele que tentou me atacar.

– Não minta para mim! A mentira me irrita muito, faz com que eu me sinta ainda mais disposto a impor um castigo terrível aos injustos.

– Eu não vou retirar a maldição. Não gosto dele, e sei que isto é só um sonho ou algo assim – disse Ivan.

– Muito bem, mas espere por mais uma visita minha, Ivan – disse George. – E lembre-se: ninguém vai acreditar quando você falar de mim, porque os feitiços que protegem este acampamento são fortes e não deixam os fantasmas entrarem.

– Mas você é um fantasma? – Ivan perguntou.

– Sou um espírito – disse George, atravessando o chão.

– Qual a diferença? – Ivan quis saber.

Não houve resposta.

– Cadê você? – disse Ivan.

Ivan ficou na cama por alguns minutos, bastante agitado. Não se atreveu a se mexer, no caso de George reaparecer. Por fim, caiu num sono inquieto e dormiu sem se cobrir, porque estava com muito medo de que algo acontecesse se ele pegasse o cobertor do chão. George ficou alguns minutos embaixo do trailer depois de sua conversa com Ivan, pensando se havia mesmo alguma diferença entre espíritos e fantasmas. Estava um pouco preocupado com o fato de Ivan não querer retirar a maldição de Neil. Porém, mais algumas noites de susto fariam o garoto mudar de ideia. Depois de pensar em tudo isso, George voltou para o local onde os feitiços de proteção eram mais fracos e forçou sua passagem.

Desta vez, George achou ainda mais difícil atravessar a barreira e demorou bem mais do que da primeira vez. Quando finalmente conseguiu, o fantasma estava se sentindo muito fraco e quase não conseguia andar. Ele mal podia esperar a hora de chegar em casa, para descansar até que sua energia fosse restabelecida. Ele demorou o dobro do tempo para fazer a viagem de volta e, quando entrou na casa, estava cambaleando muito. Passou pela primeira parede que viu e, em seguida, desabou no chão da sala, atravessando vários móveis. Isso fez um barulho, pois o choque da queda havia deixado George estressado, o que o tornou mais "sólido" sem querer.

– Que barulho foi esse? – perguntou Neil, sentado perto da escrivaninha de seu quarto.

– Que barulho? – perguntou Sam, encolhida na cama de Neil.

– É, não ouvi barulho nenhum – disse Adam, que estava no parapeito da janela.

– Foi lá embaixo. Na sala, eu acho – Neil disse.

– Vá lá dar uma olhada, se quiser. Só quero dormir – bocejou Sam.

– Eu é que não vou sozinho. Podem ser assaltantes ou algo assim – Neil disse.

– Desde que eles não façam muito barulho, eu não ligo – murmurou Sam, caindo de sono.

– Vamos, Adam. Parece que somos só nós dois – Neil disse.

– É melhor você não... – começou Adam.

– Você vai comigo – interrompeu Neil.

– Certo, estou indo – disse Adam, afastando-se do parapeito.

Os dois irmãos desceram a escada com cuidado para não fazerem nenhum barulho.

– Aposto que não tem nada lá – murmurou Adam.

– Espero que não tenha – respondeu Neil. – Mas, se for alguma coisa, espero que seja o George.

– Então, por que ele não apareceu? – perguntou Adam.

– Boa pergunta – Neil comentou. – Tenho certeza de que ouvi um baque. Então, fique quieto.

Os dois meninos chegaram ao fim da escada e espiaram a sala. Não havia nada. Eles estavam atentos para ouvir qualquer som, mas tudo o que se ouvia era o assobio do vento lá fora.

– Não estou ouvindo nada. Deve ter sido um galho batendo na janela ou outra coisa que caiu – Adam sugeriu, em voz baixa.

– Parecia o som de alguma coisa grande e pesada caindo – Neil afirmou.

– Como um cadáver? – Adam perguntou, com um sorriso irônico.

– Não tem graça, Adam – respondeu Neil. – Vou falar uma coisa para você: já estou por aqui com mortos.

O Carrasco

Os meninos entraram na sala e olharam ao redor. Tudo parecia normal por ali. Quando estavam saindo, Neil parou de repente.

– Escute! – ele sussurrou.

– O quê? – perguntou Adam.

– Xiu!

Adam tentou ouvir o que Neil estava ouvindo, mas não conseguiu perceber nada fora do comum.

– Não consegue ouvir? – Neil perguntou.

– Não estou ouvindo nada – Adam declarou.

– É tipo um gemido – Neil disse.

– Ah! Isso faz eu me sentir muito melhor. Está vindo de onde? – murmurou Adam.

– Daqui mesmo – Neil afirmou.

– Mas já olhamos tudo por aqui – disse Adam, olhando ao redor da sala iluminada apenas pela claridade que vinha do andar de cima.

De repente, Neil acendeu a luz.

– Quem está aí? – ele perguntou.

– Por que você fez isso? Pirou? – Adam indagou.

– Não, acho que sei quem está gemendo – Neil disse.

– Quem? – perguntou Adam, olhando ao redor.

– É o George! Ele está caído aqui no chão.

– Não consigo vê-lo, lembra? – perguntou Adam.

– Eu sei. Acho que ele não está bem – Neil disse.

– Bem? Ele é um fantasma! – Adam ironizou.

– Ah, ele está gemendo e parece, sei lá, que ele está esgotado.

– Esgotado?

– Eu acho que ele gastou energia demais e caiu – Neil cogitou.

– O que você vai fazer? – Adam perguntou.

– O que eu posso fazer? Eu consigo vê-lo e ouvi-lo, mas não posso tocá-lo. Acho que devemos deixá-lo aqui – Neil respondeu.

– E voltar lá para cima e dormir? – perguntou Adam.

– É a única opção que temos. Com certeza, ele estará bem amanhã – Neil se conformou.

– Espero que você esteja certo. Não vai ser nada legal ser o responsável pela segunda morte dele – disse Adam.

Capítulo 6

Na manhã seguinte, Neil foi o primeiro a descer, pois queria saber como George estava. Comparado com a noite anterior, ele parecia bem melhor, mas ainda não estava muito bem.

– Acorde, George – sussurrou Neil, agachando-se.

Ele tentou sacudir George, mas só conseguiu atravessar o corpo do fantasma com a mão. Para Neil, foi uma sensação terrível.

– Ahn? – resmungou George.

– Você está bem? – Neil perguntou.

– Estou – respondeu o fantasma, com a voz fraca. – Só estou cansado.

– Como foi? – Neil quis saber.

– Eu o assustei. Mas não consegui convencê-lo a acabar com a maldição – disse George, sentando-se.

– Droga! – Neil reclamou.

– Mas acho que até amanhã ele vai enxergar as coisas de forma diferente – George afirmou.

– Vai fazer isso de novo? Você não pode! Você está horrível, deve ter gastado muita energia ontem à noite – Neil argumentou.

– Vou ficar bem. Não se preocupe comigo – disse George.

– Mas o que acontece se você usar toda a sua energia? – Neil perguntou.

– Não vou usar – George falou com firmeza.

– Mas e se você usar?

– Eu simplesmente deixo de existir. Sem vida após a morte nem nada – George declarou.

– Isso é terrível – Neil se afligiu.

– Já pensei em fazer isso muitas vezes, principalmente quando eu ficava muito solitário e não tinha ninguém para conversar – disse George.

– Não quero que você faça isso de novo hoje – Neil disse.

– Você não pode me impedir – George contestou.

– Quer dizer que vai arriscar a sua existência só por minha causa? – Neil perguntou.

– Sim, e para impedir que pirralhos que nem o Ivan amaldiçoem outras pessoas sem nenhum motivo, só para arruinar a vida delas. Para isso, vale a pena – ressaltou George.

– Obrigado, George – Neil agradeceu, comovido.

– Decidi que já estava na hora de fazer alguma coisa na minha morte. Sinto que preciso merecer o perdão do Ricardo. Por isso, a partir de agora, vou ajudar as pessoas – disse George.

– Você merece o perdão dele, George.

– Não sei se mereço, mas espero mesmo que o Ricardo volte um dia e me perdoe.

– Como assim? Merece o quê? – Neil perguntou.

– Perdão – afirmou George. – Você acabou de dizer que eu mereço perdão.

– Eu pensei nisso, mas não falei nada – respondeu Neil.

– Garanto que você disse – George insistiu.

– Não disse, não! – Neil retrucou.

– O Neil não disse que você merece perdão. Fui eu quem disse – o garoto acrescentou.

– Quem é você? – perguntou George.

– Eu sou o Neil, você sabe disso. Você está bem, George? – Neil perguntou.

– O que você está fazendo, Neil? Por que diz coisas e não se lembra delas? – George gritou.

– Eu sou o Ricardo, George. Vim perdoar você, embora Neil não saiba disso. Ele é a minha reencarnação.

– Então, quer dizer que a minha maldição foi retirada? – George perguntou.

– Do que você está falando? – Neil replicou.

– Ricardo está falando comigo, ele disse que me perdoa! – George se animou.

– Onde ele está? Por que não consigo vê-lo? – Neil perguntou.

– Porque ele é você. Ele disse que você é a reencarnação dele – George respondeu.

– Eu? É por isso que você estava falando comigo, mas eu não tinha entendido nada! Ele está usando a minha boca para falar com você? – Neil ficou admirado.

– Sim! – disse George.

– Desculpe, Neil, mas eu tinha que voltar para perdoar o George depois de centenas de anos de maldição. Sinto que agora ele merece ser perdoado – Ricardo falou.

– Ei! Eu ouvi isso – Neil se espantou. – Isso é muito estranho. Eu ouço as palavras saindo da minha boca, mas não tenho nenhum controle sobre elas.

– Você ficaria surpreso ao saber quem você foi no passado, Neil. Você é a reencarnação de muitas pessoas famosas – disse Ricardo.

– Mas isso significa que posso ir para o lugar aonde eu deveria ter ido quando morri? – perguntou George.

– Sim, isso mesmo – concordou Ricardo.

– E onde fica esse lugar? – Neil perguntou.

– Acho que os vivos não podem saber disso, mas você vai descobrir quando morrer. Pelo menos, você já sabe que existe vida após a morte – disse Ricardo.

– Tem uma coisa que eu quero saber – falou Neil.

– Eu sei o que você vai dizer, Neil. Mas diga – Ricardo afirmou.

– Se você veio só para perdoar o George, foi você quem armou a coisa toda? – Neil indagou. – Sabe, a maldição do Ivan, o meu encontro com o George, tudo isso?

– Ah... Eu ajudei um pouco. Eu queria ver se ele ainda merecia o meu perdão – Ricardo confessou.

– Acho que ele merecia – Neil afirmou.

– Ah, ele merecia, sim – Ricardo concordou.

– Bem, muito obrigado, Ricardo – disse Neil.

– De qualquer maneira, somos a mesma pessoa – disse Ricardo. – E agora tudo está resolvido.

– Fora o fato de que eu ainda vejo os mortos – Neil lembrou.

– Não por muito tempo – disse Ricardo.

– Como assim? – Neil perguntou.

– Vou fazer você se esquecer de tudo, você nunca mais vai ver nenhum fantasma – disse Ricardo. – Preciso fazer isso.

– Mas você não pode me fazer esquecer. O Adam e a Sam vão lembrar – Neil disse.

– Não vão. Em meia hora, vocês três terão esquecido de tudo.

– Mas...

– Só posso dizer que você terá uma vida incrível, muito melhor do que a de um cigano – disse Ricardo.

– Ah, então acho que precisamos nos despedir, George – Neil disse, com a voz triste.

– Quando chegar ao Céu, tente entrar em contato comigo – George recomendou.

– Vou tentar me lembrar – Neil concordou.

– Não se preocupe, quando morrer você vai se lembrar de tudo novamente – afirmou Ricardo.

– Ok – disse Neil. – Até um dia... Seja lá quando for.

– Tchau, Neil. Espero que não seja tão cedo, sem querer ofender – disse George.

– Tchau, George. Apesar das circunstâncias, foi bom conhecer você – Neil disse.

Ricardo murmurou algumas palavras em voz baixa. A sala começou a girar, e a visão de Neil ficou escura e desfocada por alguns segundos. Quando ele voltou a enxergar, a sala era a mesma, com exceção de George, que não estava mais lá. Neil procurou o fantasma por alguns segundos e suspirou. Em seguida, percebeu que tudo tinha acabado mesmo. Por um instante, ele sentiu uma mão apoiada em seu ombro. Ele virou a cabeça, mas não havia ninguém.

– Tchau, George – Neil disse novamente, desanimado.

– Quem é George? – perguntou Sam.

– O quê? – Neil gritou e deu um salto.

– Você não está vendo pessoas imaginárias de novo, né? – perguntou Sam, com um sorriso irônico.

– Quieta, Sam! – Neil ordenou. – Você sabe muito bem quem é o George.

– Sei? Então, devo ter esquecido. Se eu pensar um pouco, talvez eu lembre – Sam falou.

Sam estava na porta. Fingiu que estava tentando se lembrar de algo e disse:

– Não, foi mal, esqueci.

– Então acabou mesmo – Neil disse, calmo.

– O quê? Você está bem, Neil? – perguntou Sam.

– Não, só estou brincando. Ouvi você chegar e comecei a fingir que estava conversando com amigos imaginários – Neil respondeu.

– Sim, claro – Sam falou.

Neil ficou no meio da sala por alguns segundos, cambaleando um pouco. Ficou vesgo por um instante, piscou e fez uma careta.

– "Claro" o quê? – ele perguntou.

– Claro que você estava fingindo – Sam falou.

– Fingindo o quê? – Neil perguntou.

– O que você acabou de dizer sobre amigos imaginários.

– Não sei do que você está falando. Vamos esquecer isso e tomar café da manhã. Com certeza você vai se sentir melhor depois de comer alguma coisa – Neil disse.

– Se sentir melhor? Como assim? Você está doente, Sam? – perguntou Adam, que estava atrás da Sam.

– Não, mas o Neil está. Ele estava conversando com um tal de George ou algo assim.

– Não estava, não – Neil negou.

– George? Não é esse o nome daquele leiteiro? – Adam lembrou.

– Sim, é o único George que eu conheço – Neil disse.

Os três ficaram parados por um tempo, perdidos em seus próprios pensamentos.

– Enfim, vamos tomar café. Depois, vamos para o jardim pensar em algo para fazer – sugeriu Adam.

– Boa ideia – Neil aprovou.

Quase uma hora depois, os irmãos estavam lá fora, sob o sol de uma gloriosa manhã. Os três discutiam o que fazer naquele dia.

– Não consigo acreditar que as férias de verão finalmente chegaram – Neil disse, feliz.

– Pois é – Sam concordou.

– Ah, hoje é segunda-feira. O que devemos fazer? – perguntou Adam.

– Vamos sair para caminhar – sugeriu Sam. – Está um dia tão ensolarado que seria uma pena desperdiçá-lo.

– Isso é muito chato – disse Adam. – Não consigo pensar em nada mais entediante do que uma caminhada.

Os três se sentaram, espantados.

– Vocês não têm a sensação de que já passamos por isso antes? – perguntou Sam.

– E que já dissemos o que acabamos de dizer? – continuou Neil.

– E sabem o que o Neil vai sugerir? – perguntou Adam.

– O que, um passeio de bicicleta? – Sam emendou.

– Sim – Adam confirmou.

Os três se entreolharam.

– É engraçado como às vezes sentimos que algo já aconteceu antes com a gente – Neil comentou.

– Existe uma palavra para isso. Qual é mesmo? – Adam perguntou.

– *Déjà-vu* – Neil lembrou.

– Essa palavra mesmo.

Os três ficaram em silêncio no jardim mais uma vez. Por fim, Neil disse:

– Vamos então. Venha, Adam. Você pega as bicicletas na garagem, enquanto eu pego água para nós.

Conheça outros títulos da coleção